JN091662

小沼 丹

小沼丹　小さな手袋／珈琲挽き

庄野潤三 編

みすず書房

小沼丹　小さな手袋／珈琲挽き▒目　次

*

*

猿

いつだつたか、吉祥寺駅近くの空地にちつぽけな芝居小屋が掛つた。その前を通り掛つたので立停つて眺めた。役者が小屋の前の台の上に並んで、きよろきよろしたり、尻を掻いたりしてゐる。役者と云つても五、六匹の猿と二、三頭の犬しかゐない。

見てゐたら、急に小屋の幕が開いてなかが丸見えになつた。なかに、見物人は二十人とゐない。みんな筵の上に坐つて、外に立つてゐる僕等の方をぽかんと眺めた。僕の他にも七、八人立つてゐる。寒い風が吹くけれども、何だか面白いことが起りさうな気がして立つてゐると、

——ええ、いらつしやい。

と、猿の傍に控へてゐた中年女が怒鳴つた。その声が嗄れてゐて男の声としか聞えない。黒い上つ張りを着てズボンを穿いて、股火鉢なんかしてゐる。二、三回怒鳴つたが、誰も這入らない。

するると女は、

——こらこら、お前だよ。

と云ふと、尻を掻いてゐた猿を台から降してちやんちやんこのやうな奴を着せ、もんぺのやうなものを穿かせた。衣裳を着けて貰ひながら、猿は妙な横眼で僕の方を見てゐた。僕も見てゐたら、猿はちよいと視線を外して、尻を掻いた。しかし、今度はもんぺがあるので満足が行かぬらしい。また僕の方を横眼で見て頗る不満らしい顔をしてみせた。小肥りの中年女は衣裳を着け終ると、烟草を喫み出した。

そこへ、五、六歳の子供が来て僕の隣に立つた。その子供の食つてゐるパンに犬が眼を附けた。犬が眼を附けると殆ど同時に猿も眼を附けた。犬は専らパンに注目してゐるが、猿の方は台の下の犬を見降したりパンを見たりひどく忙しい。すると一匹の猿が隣の猿の尻尾の先をいきなり嚙んだ。パンを見せびらかされて大いに腹を立てたらしい。嚙まれた奴は、この野郎とでも云ふやうに相手を振向いた。ところが嚙んだ方は、知らん顔をして蚤を取る恰好をしてゐる。その間、衣裳を着けて貰つた猿は、女の傍の木の丸椅子の上に坐つて、何やら憂鬱さうに空を仰いだりしてゐた。その恰好が、僕の昔の知人で詩を書いてゐた男によく似てゐたので、僕はちよいとその猿が懐しかつた。事実、僕はその詩人の書いた詩のリフレインを想ひ出した程である。

その星ひとつを求めてゐた……。

かちかちと拍子木が鳴ると、なかから痩せて顔色の悪い若い男が出て来て、衣裳を着けた猿と一頭の犬を連れて幕のなかに這入つた。同時に入口の幕が降りてしまつた。僕もお猿の真似をして空を仰いで見ると、星が疎らに見えて何だか憂鬱になつた。どう云ふ訳か判らない。独歩に「忘れえぬ人々」と云ふ短篇がある。僕にも忘れ得ぬ人びとはあるが、忘れ得ぬ動物達もある。僕の所でかつて飼つてゐた二頭の犬もさうだが、この猿もその仲間に這入る。一匹の猿を覚えてゐるなんて余り名誉な話ぢやないが、事実だから仕方が無い。

（一九五六年二月）

喧嘩

バスを待つてゐたら、傍の歩道で子供が喧嘩を始めた。片方は三人組で、男一人に女二人である。もう一方は五人組で男二人に女三人である。三人組の方がパチンコ屋の前に坐り込んで何かしてゐる所へ、五人組が難癖を附けにやつて来たものらしい。何れも五、六歳の子供である。

五人組の親分と覚しき子供は、茶色のジヤケツに茶色のズボンを穿いてゐる。丸顔の頰の赤い子供で、ジヤケツもズボンもひどく汚いが、両手をズボンのポケツトに突込み肩を怒らせて莫迦に威勢がいい。

——おい、おめえ。

と、ふんぞり返つた。

これに対する三人組の親分は、背恰好は前者と同じぐらゐだが、貫禄の点では大分見劣りがする。青い襯衣に青いズボンを穿いてゐて、それが汚れて、繕だらけの点は前者と大差無い。ただ、惜しむらくは洟を垂してゐて、何やらぽかんとした顔で相手を見返した所は、どう見ても親分の貫禄に乏しい憾がある。

——おい、おめえ、何黙つてんだよ、やるか？

五人組の親分が云ふが、洟垂れ親分は何やら浮ぬ顔で何も云はないから、益（ますます）頼りない。威勢のいい親分の子分達も威勢がいい。口ぐちに何か悪態を附いてゐるが、洟垂れ親分の子分の女の子二人は、ひそひそ何か囁いてゐる。相手にならずに退却しようと勧めてゐるらしい。

すると、五人組の親分は徐にズボンのバンドをはづすと、手でぶらぶらさせながら、

——おめえ、やつてやらうか？

と云つたのには驚いた。しかし、もつと驚いたことは、威勢のいい親分がそのバンドで引つぱたかうとでもするらしく進み出たとき、洟垂れ君がいきなり相手のバンドを引つたくつて地面に叩き附けたのである。

無論、二人は即座に取組合の喧嘩を始めた。ところが最初の広言に似ず五人組の親分の方が旗色が悪い。咽喉をぐいぐい押されて、仰向けに首を振上げながら、

——おめえ、よせよ。こんな所でよせよ。

と云ひ出した。他愛も無い話である。更に二、三米、首を振りながら押されて行つた五人組の親分は、

――よせよ、人の見てる所でよせよ。

とか云ひながら、漸く相手を振切ると一目散に逃げて行つた。無論、子分連中も――その一人の女の子は素早く親分のバンドを拾ひ上げて、親分の後を追つて行つた。すると洟垂れ君の家来らしい女の子二人は、

――こんなとこにゐないで、もう行かうよ。

と、親分に勧めてゐる。勝つた親分は一向に嬉しさうな顔をしてゐない。相変らず浮ぬ顔をして洟を啜つた。それから、ズボンを一、二度たくし上げると、つまらなさうに、

――うん、行かう。

と云つて歩き出した。

僕の知人に、いつも浮ぬ顔をして、人生は一向に面白くないとでも云ひたげな表情を浮べてゐる癖に、たいへんな働き者がゐる。洟垂れ親分を見てゐたら、この知人を想ひ出した。彼も子供の時分からいつも浮ぬ顔をしてゐたのかしらん、と余計なことを考へてゐたら、洟垂れ君も満更赤の他人でもないやうな気がして来たから妙なものである。

（一九五七年五月）

小さな手袋

或る寒い晩、或る酒場の止り木に尻を載せてゐたら、隣に知らない男が来て坐つた。頭が禿げ上つてゐて、赤い顔をしてゐるからどこかで飲んで来たのかもしれない。ぎよろりとした眼で此方を睨むと、ビイルを注文して、仏頂面をして飲み始めた。ビイルを注いだ痩せた女が御愛想のつもりか、こちら、始めてですの？　と訊いたら黙つて点頭いた。それから、

——茲は何て云ふ店だ？

と女に訊いた。

——「あしび」ですの。どうぞ宜しく……。

——あしび？　どうぞ宜しくなんて云つたつて、俺はもう来ない。

仏頂面した男らしく、云ふことも愛想が無い。

——どうして？　そんなこと仰言らないで、またいらして下さいな。

——いや、二度と来ない。

聞いてゐると何だか可笑しかつたが、痩せた女は些か気を悪くしたらしい。まあ、とか何とか云つて男の前を離れてしまつた。

右手に窓があつて、窓から雨に濡れた舗道が見える。雨は少し前に降り出したから、この男は案外雨宿りのつもりでこの店に寄つたのかもしれない。別の女と無駄話しながら、気が附くと隣の男は何か独言を云つてゐる。独言を云ひながら、外套のポケットから何か取出さうとしてゐる裡に、何か床に落したらしい。カウンタアの外の椅子に坐つてゐた女が気が附いて、それを拾つて男に渡した。

——これ、落しましたよ。

男は落物を受取ると、それをカウンタアの上に載せた。小さな赤い毛糸の手袋の片方である。それからまた外套のポケットをがさがささせてゐると思つたら、包装紙と一緒にもう片つぽの手袋も出て来たから、やれやれと思ふ。

——あら、可愛い手袋ですわね……。

手袋を見たら、痩せた女がまた男の前に来て、手袋を手に取つた。

——お孫さんのですか？

——孫ぢやない。子供のだ。

——あら……。あたし……。

痩せた女は吃驚して、慌てて片手で口許を押へたが、男は別に気に留めないらしい。

——先刻買つたんだ。これで三つ目だ。

——お子さん、三人いらつしやるの？

——違ふ。買つても直ぐ失くしちやふから、仕方が無いからまた買ふんだ。

——でも、もう手袋も要らなくなりますわね……。

——何故だ？

——だつて、もう直ぐ春ですもの……。

——うん、さうか。

男が莫迦に神妙に点頭いたから、何だか面白かつた。男が小さな赤い手袋を包装紙に包まうとするのを見て、痩せた女が包んでやつたら、男はそれをポケツトに入れて女に云つた。

——あんたも子供がゐるのか？

——ええ、まあ……。

痩せた女は何だか曖昧な顔附をしてゐる。

——お猿の駕籠屋、つて歌知つてるか？

——ええ、知つてます。

――鞠と殿様、つて知つてるか？

――知つてるわ。

――ふうん。もつと知つてるか？

女は幾つか童謡の名前を挙げたが、それはみんな男の知らない歌だつたらしい。男はもう一本ビイルを注文すると、大分御機嫌になつたらしい。普段は此方の方へ来たことが無いが、今日は誰とかの結婚式があつてやつて来た、その帰りだ、そんな話をしてゐる。

――さう云へば、俺の土産はどうした？

――お土産？　さあ……。

結局、男は何も持たずにこの店に入つて来たことが判つた。恐らく、この前にどこかの店に寄つて置忘れたのだらうと云ふことになつたが、男にはどの店か判らないらしい。

――仕方が無いな。こなひだは傘を忘れた。

――どこでですか？

――どこか判つてりや、取りに行つたよ。

――あら……。

痩せた女はこの男を面白い人だと思つたのかもしれない、いろんなことを訊く。此方は直ぐ隣だからその話は自然に耳に入る。男の話に依ると、男は玆から電車でたつぷり一時間は掛る遠い町に住んでゐるらしい。その町でパン屋をやつてゐると男は云つた。

——あら、パン屋さん？

——うん。

——パン屋さんとお酒つて、何だかしつくりしないわね……。

——みんな、さう云ふな。何故だ？

——何故つて云はれると判んないけど……。それで、お店で……。

——俺は店に出ない。裏でパンを焼くんだ。俺が店に出ると客が寄附かないさうだ。

——まあ、そんな……。

痩せた女が何か云ひ掛けて止めたのは、その通りだと思つたのかもしれない。男はそれから、来月はどこそこで中学校の同窓会をやる。卒業して三十年近く経つ。そんなことも云つてゐる。

——みんな偉くなつてるが、俺は上の学校に行かなかつたからな。でも愉しみだ。

——ほんとね……。

——もう雨は止んだか？

つられて此方も窓の外を見たが、暗くて判らない。痩せた女が、小降りになつたやうですよ、と教へた。

——何て云ふ店だ？

——あしびです。どうぞ宜しく。

——あしびか……。俺はときどき家の近くの店で飲むが、そこは「やつこ」つて云ふんだ。ちひちやいがいい店だ。こなひだ、やつこの親爺と釣に行つた。

——何が釣れましたの？

——鮒だ。

男は勘定を済ますと立上つて、少しよろよろしながら出て行つた。

僕は電車でたつぷり一時間は掛る遠い町の一軒のパン屋を想ひ浮べた。それは多分、清潔で明るい店で、パンも旨い筈である。そのパン屋の主人は、仕事が終るとやつこなる店に憩ひ、ときには釣に出掛ける。来月は同窓会に出るのを愉しみにしてゐる。それから、孫のやうな小さな女の子と、二つしか知らない童謡を歌ふのかもしれない。

手洗に立たうとしたら、足許に包が落ちてゐるのが眼に入つた。例の手袋の入つた包である。いつ、落したのかしらん？

——落物だぜ。

痩せた女に渡すと、女は眼を丸くした。

——あら、パン屋さんのだわ。あたし、買つても失くすつて云ふから、子供が失くすのかと思つてたら、さうぢやないのね。あのひと、また来るかしら？

――もう来ないだらう。

――困つたわね……。

痩せた女は急に低声になつた。

――あたしにもね、このくらゐの子供がゐたのよ、二年前に死んだけど……。

手洗から戻つて来たら、痩せた女は別の客と何やら愉しさうに話し合つてゐた。

（一九五九年三月）

地蔵さん

ひところ、どこかのちつぽけな祠から、石の地蔵さんをこつそり失敬して来ようかと考へたことがある。しかし、考へただけで実行には移さなかつた。手頃な場所に、手頃な地蔵さんが見附からなかつたからである。その次は、地蔵さんの首だけ頂戴してやらうと云ふ気になつた。地蔵さんの首を机の上に載せて置いて、丸い頭でも撫でゐれば、名案が浮ばぬものでもあるまい、と思つたのかもしれない。しかし、これも実行する迄には至らなかつた。多分、面倒臭くなつたのだらう。

家の近くの五日市街道の道傍に、石の道標が立つてゐて、或るとき、これを失敬してやらうと思ひ立つた。しかし、此奴は高さ六、七尺、直径一尺以上はある石の柱だから、とても一人や二人で動かせるものではない。それに首尾よく頂戴して来ても、我家の狭い庭に置いたら忽ち衆人の見る所となつて穏かでない。念のため、散歩がてら下検分したけれども、残念ながら見合せることにした。石には、右たなし、左こがねゐ、と彫つてあつて天明年間に建てられたものである。僕は蕪村を想ひ出して、些か風流な気持になつて帰つて来た。蕪村を想ひ出したのは、一つには散歩の途中、小川の傍に野茨が咲いてゐたのを見たからだらう。

先日、用事があつて車に乗つた。早稲田から小滝橋へ出て、その先を右に曲る。右折して少し行つた所で、一人の爺さんが道傍に立つてゐるのが眼に入つた。背の低い朴訥な感じの爺さんで、白い襯衣の上に浴衣を着て、古ぼけた茶色の鳥打ち帽を被つてゐる。四角い風呂敷包を紐で肩から吊して、黒足袋を穿き下駄を突掛けてゐる。近頃余り見掛けぬ風体なので、注意して視る気になつたのだらうと思ふ。

道に背を向けて何をしてゐるのかしらん、と見ると、爺さんの前にちつぽけな祠があつて、そこに高さ二尺ばかりの、赤い涎掛を掛けた石の地蔵さんが立つてゐた。爺さんはその地蔵さんをじつと眺めてゐたのである。それから腰を屈めると、顔を突出して、地蔵さんの顔から一尺と離れてゐない距離で睨めつこを始めた。その爺さんの表情は判らないが、何だか、それは爺さんにとつてたいへん重大なことらしく見えた。

無論、車は忽ち爺さんも地蔵さんも見捨ててしまつた。しかし、そのとき僕の眼には、爺さんと祠の四囲だけ時間の流が停止したやうに見えた。そこだけ、ひつそり、ささやかな別世界が形造られてゐるやうに見えた。何だか僕自身もその別世界に入りたい誘惑を覚えたが、わざわざ車を停める程酔狂ではない。

（一九六一年六月）

コタロオとコヂロオ

上の娘に子供が二人ゐて、上はコタロオと云つて五歳、下はコヂロオと云つて四歳である。名前でも判るやうに二人共男の子だが、当世風だか何だか知らないが髪を長く伸してゐるので、このごろは余りそんなことも無いらしいが以前はよく女の子に間違へられた。一度、客が来てゐるとき娘がコタロオを連れて来たことがある。庭に出てゐるコタロオを見て客が、あれは……？と訊くから娘の子供だと答へたら、ああ、さうですか、と云つた。その辺は良かつたが、その裡にコタロオは不作法にも庭の真中で立小便を始めた。それを見た客が、

——何だ、男の子だつたんですね……。

と驚いた顔をしたから、それ迄は女の子と思つてゐたらしい。

娘が子供二人を連れて、どこかの食堂に入つた。コタロオの方は幼稚園に入つて、多少分別も出て来たが、コヂロオはそんな所へ行くとじつとしてゐない。その辺を歩き廻つて、知らない女

の子の持つてゐた風船を取上げて持つて来た。娘は吃驚してコヂロオを引張つて返しに行くと、先方の母親が、

——可愛いお嬢ちゃんですこと、お幾つですの？

と御愛想を云つた。娘が困つて実は男の子なんですと云つたら、今度は先方が吃驚したさうである。娘がコヂロオに、御免なさい、をしなさいと云つても知らん顔をしてゐたと云ふ。娘が家に来てその話をしてゐたら、コヂロオは腹を立てて母親の背中を二、三度撲つた。

女の子に間違へられるから温和しいかと云ふと、それが一向に温和しくない。殊にコヂロオの方は乱暴である。コタロオは云つて聞かせると話は判るが、コヂロオの方は話が判らない。年齢のせゐばかりでもないやうである。家の者や娘が、そんなことをするのは悪い子よ、と云つても悪い子でいいもんとか云つてゐる。乱暴なちび公が何か壊したとなると、それは当方の不注意と云ふことになるから、壊されないやうに前以つて気を附けなくては不可ない。娘の家は子供が暴れても差支へないやうに片附いてゐるが、此方は無防備状態だから話は違ふ。幾ら子供でも、暴れて良い所と悪い所の別は覚えさせないと不可ない。

庭に石の地蔵さんがあつて、コタロオは来るといつも蹲踞の水を竹の柄杓に汲んで地蔵の頭に掛けてやる。或るときコヂロオがその真似をして、二、三度水を掛けてゐたが、何を思つたのか急に柄杓で地蔵の頭を乱暴に叩き出して、到頭柄杓を折つてしまつた。

と怒鳴つたら、コヂロオは地蔵の頭を撫でながら、お地蔵さん、いい子いい子、と笑つてゐる。

——こら。

何を考へてゐるのか判らない。

コタロオとコヂロオは正確には一年四ケ月違ふが、コヂロオの出産で娘が入院したとき暫くコタロオを預つたことがある。いつも母親にくつ附いてゐた赤ん坊だからどうなることかと思つたが、ちつぽけな子供なりに何となく事情が判つたのかもしれない。別に淋しがつて泣くやうなことも無かつた。コヂロオが産れて、下の娘がコタロオを連れて病院に行つたときも、コタロオは母親に会つて喜んだが、帰るときは泣きもせず素直に帰つて来たと云ふから感心した。

コヂロオでは、とてもさうは行かないだらうと思ふ。乱暴な癖に甘えん坊で泣虫である。一度娘がコヂロオを連れて来て、幼稚園にゐるコタロオを迎へに出て行つたら、車の走り出す音を聞いてコヂロオは火の点いたやうに泣き出した。家の者が、コタロオを迎へに行つたのだから、直ぐ帰つて来ると云つても聞いてはゐない。いきなり裸足で往来に飛出して車の後を追つて泣きながら走り出した。近所の奥さんに、どうしたんですか？　と訊かれて家内は説明に困つたらしい。

后で娘の話を聞くと、コヂロオにコタロオを迎へに行つて来るからと断らずに出掛けたのが原因らしい。コヂロオの方は、黙つて置いてきぼりにされたと思つたのかもしれない。その前だつたか娘がコヂロオを家に預けてどこかに行つたことがある。コヂロオは何かして遊んでゐたが、

夕方、風呂に入らうとしてコヂロオに、

——お風呂に入るか？

と訊くと、うん、入ると云ふ。家内がコヂロオを裸にして風呂場迄連れて来たら、途端に火の点いたやうに泣き出したから驚いた。以前コタロオを入れてやつたときは、一度も泣かなかつたが、それにしても、何故急に泣き出したのか判らない。

——コヂロオは虫がゐるんぢやないか？　虫下しを嚥ませた方がいい。

娘にさう話したが、虫下しを嚥ませた話はまだ聞いてゐない。尤も、果して虫がゐるかどうかよく判らない。

これは家内から聞いた話だが、家の近くにコタロオの幼稚園の友達の何とか子ちやんと云ふ女の子がゐる。コタロオはその女の子が好きで、何とか子ちやんの家に遊びに行きたいと母親によく云つてゐたらしい。娘からその話を聞いて、或る日コタロオとコヂロオが来たとき、家内がその女の子の家迄連れて行つてやらうとしたら、コヂロオはのこのこ随いて来たが、コタロオは恥かしがつて少し離れて随いて来た。

その女の子の家迄行つて、コヂロオが何とか子ちやんと名前を呼ぶと、コタロオは家内の背後に隠れて、

——もつと大きい声で呼ぶんだよ。

とコヂロオに注意した。何度か呼んだら相手の女の子が窓の所に顔を出したが、コタロオは家内の背後に隠れて顔を出さない。お話しないの？　と云つても背中にしがみついて返事もしなかつたと云ふ。

それから何日か経つて、また二人で来たとき、その女の子の家に行くと云つて出て行つた。家内が様子を見てゐると、コヂロオが大きな声で女の子の名前を呼んで玄関から入つて行くのを見ると、少し離れた所にゐたコタロオもやつと恥かしさうに入つて行つた。

暫く経つたら、今度はその女の子を連れて戻つて来た。家内が飲物や菓子を出してやつたら、コタロオも女の子も殆ど無言で飲んだり食つたりしてゐたが、コヂロオ一人、矢鱈にお節介を焼いたり、お喋りをしてゐたさうである。その后またその女の子の家に遊びに行つて、夕方近くなつて二人共泥んこになつて帰つて来た。

后で家内がその女の子のお母さんに会つたら、少し馴れて来たせゐかコタロオもコヂロオも地金を出して、かなり悪戯したらしい。特にコヂロオは相当暴れたらしく、コタロオちやんは直ぐ云ふことを聞くけれど、コヂロオちやんは利かん坊ですね、と云つてゐたさうだから大分迷惑を掛けたのだらう。

娘は我家からバスで二停留所ばかり行つた所に住んでゐる。車だと五分と掛らない。死んだ家内の兄が医者で、一時は入院患者をとつてゐたから別棟の病棟がある。その后、人出不足で面倒だからと云ふ訳で、入院患者はとらなくなつたから病室が空いてゐた。娘夫婦はその建物の階下の一劃の四部屋を借りて住居にしてゐる。真中に広い廊下があつて、両側に二部屋づつあるから子供が走り廻るぐらゐの余裕はあるが、子供は家にばかりゐないから四囲が迷惑する。

或るとき、医者の義兄が往診に出掛けようとしたら、車が泥だらけになつてゐた。泥んこの車では出られないから、泥を洗ひ落すのに一苦労したらしいが、犯人は無論コタロオとコヂロオである。何でも水道の水を汲んで来て一生懸命泥をこねて、その泥を左官屋のやうに車一面に塗り附けたらしい。どう云ふ料簡か判らない。

——それぢや、うんと叱られたらう？

娘からその話を聞いてさう云つたら、義兄はこんなことをしては不可ないよと教へて謝らせたと云ふから、何だか焦れつたい。そんなことで二人に効目がある筈は無い。果して、その后直ぐ義兄の息子の車のどことかを壊したと云ふ。而も娘の車、つまり自分の家の車には悪戯しないのだから悪い奴である。母親にひどく叱られると判つてゐるのかもしれない。こんな例を挙げたら限が無い。娘の亭主はテレビ関係の仕事をしてゐるが温和しい男だから、お転婆だつた娘に似たのだらうと思ふ。コタロオ、コヂロオの悪戯の話を聞くと、大抵の人は無責任なもので、男の子は腕白で悪戯ぐらゐした方が良いと面白がる。しかし、此方も一緒に面白がつてゐては締括りが附かない。

コタロオもコヂロオも、人の集る所に行くと昂奮するらしい。いつだつたか娘一家と都心のホテルのレストランで食事したが、二人の子供は満腹するとその辺を走り廻つてうるさい。通路に飛出すと、床に寝転んだりするからみつともない。戻つて来たと思ふと、コヂロオは大きな声で、

——フルシンブン、フルザツシ、トイレツト・ペエパアと……。

とかやり出したので周囲の客が笑ひ出した。他人の子供なら此方も笑ふ所だが、コヂロオとなると笑つてばかりもゐられない。この莫迦野郎と云ひたくなる。

数ケ月前親戚に不幸があつて、その后身内の者が集つて食事したが、そのときも二人のちび公は矢鱈に跳ね廻つた。その裡にコタロオ、コヂロオの悪戯の話になつて、車を泥んこにされた医者の義兄は、

——全く悪戯で仕様が無いよ。一体、誰に似たのかなあ……？

と笑つて此方を見たら、つられて他の連中も此方を見てにやにや笑ひ出した。

——何故、俺の方を見るんだい？

と云ふと、義兄は、全くそつくりだよ、と云つて大声で笑つた。他の連中も一緒になつて笑つたが、誰にそつくりなのかさつぱり判らない。面白くなかつたのは、コタロオ、コヂロオの二人が訳も判らずに一緒になつて笑つてゐたことだが、ちび公に附和雷同は不可んと云つても始らない。

（一九七四年十月）

長距離電話

樽平と云ふ酒場の椅子に坐つて酒を飲んでゐたら、たいへん顔の長い紳士が這入つて来て僕の前に坐つた。長い顔の上に中折帽を載つけてゐるので益長く見えた。何だか眼の前に馬が坐つて、独酌で盃を傾けてゐるやうな気がして、それ迄何を考へてゐたのか途端に悉皆忘れてしまつた。長い顔に拘泥して、その紳士の子供のころの顔を想像してみたが、どうもしつくりしない。或る力士は顎が長くなる奇妙な病気に罹つてゐたとか聞いたことがある。顎が髯みたいに伸びて行つたら終ひにはどうなるだらう? 徳利首のセエタアを着るときなど、どうやつて着るだらう? そんなことを考へてゐる裡に、突然、名古屋の石川に長距離電話を掛けることを思ひ附いた。何故、急にそんなことを思ひ附いたのかよく判らない。長い顔を見てゐる裡に、長距離電話を思ひ附いたとしか云ふ他無いのである。

直ぐ背後の台の上に受話器が載つてゐて、少し身体をねぢ曲げて手を伸すと簡単にとれる。名古屋の石川の勤務先の新聞社に繋いで貰ふことにした。その一ケ月ばかり前名古屋に石川を訪ねたとき、東京に戻つたら、偶には電話でも掛けて呉れと云はれた。そのときはそのつもりでゐたけれども、長距離電話なんて掛けたことが無いから、帰つて来たら悉皆忘れてしまつてゐた。長い顔の紳士を見なかつたら忘れた儘だつたかもしれない。

名古屋の新聞社が出たので、石川を呼んで貰ふことにして此方の名前を告げて待つてゐると、

——やあ、もしもし、石川だ。暫くだなあ、元気かい？

と、石川が出て来た。何だか、いいことでもあつたのか陽気な声で、知らぬ者がその声を聞いたら、かつて学生のころ廿世紀の憂鬱を独りで背負つてゐるみたいな顔をしてゐた人間とはとても信じられないだらう。

——どうも、こなひだは……。

一ケ月ばかり前名古屋で世話になつた礼を述べると、石川はあつはつはと笑つた。磊落に構へてゐるのだと思ふ。

——いま新宿の樽平にゐるんだ。羨しいだらう？

——羨しいなあ。新宿のどこだつて？

——樽平だ。一杯飲みながら電話を掛けてる所だ。

——新宿は懐しいなあ……。

電話が遠いので、ときどき、よく聴き取れなくなる。二、三、無駄話をしてゐると、石川の奴は新宿の何とか云ふ店の何とか云ふ女性に宜しく伝へて呉れと云つた。暫く東京に出て来てゐない筈なのに、怪訝しなことを云ふ奴だと思ふ。

——例の芝居見物の件だがね。

——うん、うん。

僕の書いた或る小説が芝居になつて、大阪で上演されることになつた。一ヶ月ばかり前石川に会つたときその話をしたら、是非観たいから君も観劇がてらもう一度西下しろ、と云つた。当方もその気になつてゐたから、そのときは大阪や京都や奈良にも行かうと話し合つた。その上演の日取が決つたので、石川の惚気を電話で聞いたつて面白くない、ちやうどいいから持出したのである。

石川の都合の好い日を訊くと、

——俺の方はいつだつていいんだ、しかし、何しろ、先立つものがね……。

また、あつはつはと笑つた。自分で是非観たいと云ひ出した男にしては不可解な云草である。それに、先立つものがなんて云ふのは日頃の石川らしくない。どうも、石川は酔つ払つてゐるのかもしれぬと思はれて来た。しかし、酒に強い男だから、こんな変なことを口走るには相当酩酊してゐるのかもしれぬ。

――酔つ払つてるのか？

――止せやい。

と石川が云つた。そつちこそ、大分御酩酊らしいぢやないか。黙つて聞いてれば芝居見物だとか何とか、一体、何の話だね？

これには大いに面喰つて、つらつら考へて見たが、どうも話が怪訝しい。横眼で顔の長い紳士を見ると、紳士は盃を口にしながら、眼を細くして夕刊か何か頻りに読んでゐる。その顔を見た途端、頭の回転が逆になつて、頭のなかの霧が晴れて行くやうな気がした。

――もしもし、君は石川だらう？

――うん、石川だ。

――石川隆士だらう？

――え？　石川隆士に電話なんですか？

些か啞然として、俺は一体、誰と話してゐたのだらうと思ふ。

――石川隆士ぢやないのか？　石川隆士はゐませんか？

何だかぶつぶつ云つてゐたと思ふと、石川隆士は本日は休であると云つた。

――どうも失礼しました。

がちやりと電話を切つて、一体、いま話を交した石川なる男は、誰と話をしてゐるつもりだつたのだらうと考へたら、何だかさつぱり訳が判らなくなる気がした。さう云へば、声が違ふやうな気もするし、あつはつはと笑ふのも変だし、何とか云ふ女性のことも怪訝しい。憮然として、交換嬢を呼び出したら、

――三通話です、百十円です。

と云つた。こんなことになつたのも、すべては顔の長い紳士のせゐだと思ふが、肝腎の紳士は平然として盃を傾けてゐる。面白くないこと夥しいが、文句を云ふ訳にも行かない。

（一九五八年五月）

後家横丁

或る晩、荻窪の北口の駅前で車を待つてゐた。車を待つ人の長い行列が出来てゐて、車はなかなか来ないから、たいへん焦れつたい。行列に並ぶのは気に入らないが、電車が無くなつたから車で帰る他無い。立つて待つてゐる裡に、広場の向うの狭い露地が眼に附いた。眼に附いたと思つたら、行列を離れてふらふらと其方へ歩き出したのは酔つてゐたからだと思ふ。

北口の駅前には、小さな飲屋の塊つてゐる一劃があつて、以前はちよいちよいこの一劃に這入り込んだ。縦横に二、三本の狭い露地が通つてゐるに過ぎない狭い所である。昔は荻窪ばかりではない。あちこちに何とか横丁と名前の附いた露地があつて、小さな飲屋が並んでゐたが、近頃は殆ど見掛けない。北口駅前の一劃も長いこと行かなかつたから、悉皆忘れてゐた。忘れてゐたと云ふのは、当方にとつて存在しなかつたと同じやうなことだから、露地を見て、

——おや、まだあつたのか？

と驚いたかもしれない。昔の夢の跡を見るつもりでふらふらと歩いて行つたのだと思ふが、酔つてゐたから何を考へてゐたか判らない。

暗い狭い露地に入つて行くと、昔の通り小さな飲屋が並んでゐて、何だか十年二十年昔に逆戻りした気分になつた。昔はこの一劃に二、三軒知つてゐる店があつたから、ちよいちよい迷ひ込んだが、それが無くなつてから来なくなつた。だから、知つてゐる店は無い。さう思つて露地のなかを歩いてゐたら、一軒昔見掛けた名前を出してゐる店がある。試みに硝子戸を開けたら、寝惚顔をした婆さんが、

——あら、お珍しい。

と云つたから驚いた。自然の成行として、なかに入つてカウンタアに向つて椅子に尻を載せることになる。他に客はゐないから、お神は居睡をしてゐたらしい。婆さんと云つては悪いが、最初はさう見えたのだから仕方が無い。尤も先方は、ちつともお変りになりませんね、とお世辞を云つたから、当方も最初は婆さんと思つたが実はそれ程でもない、と訂正しても構はない。

飲んでゐたら、お神がいろいろ昔話をする。相槌を打つてゐると、また十年二十年昔に逆戻りする気がした。昔、最初にこの露地へ入つたのは、井伏さんのお伴をして来たのである。そのころ、井伏さんは、後家横丁へ行かう、と云つてよくこの露地に来られた。後家横丁と命名したのは、井伏さんではないかと思ふ。

——一人去り、二人去り、近藤勇はただ一人……。

何人かで飲んでゐて、誰かが「お先へ」と挨拶すると、井伏さんは憮然としてさう云はれた。何故近藤勇が出て来るんですか？　或る人にさう訊かれて困つたことがある。此方だつて訊きたいぐらゐである。そんなことも想ひ出した。

暫くしたら客が一人入つて来たから、此方はその店を出て、露地の出口迄行つて駅前を見ると、もう並んでゐる人も尠い。誰か走つて来るから振返つたら、お神が、お忘れ物ですよ、と荷物を差出した。

（一九七五年十一月）

断片

有楽町で電車を降りて、歩いて行くと清水町先生が見えた。或る店の前に立つて飾窓を覗き込んでをられる。声を掛けると、

——やつぱり早過ぎたよ。

と云はれた。「ハムレット」を観る予定であつた。何年前のことかよく判らぬ。先生が覗いてゐたのは犬屋である。五、六頭の犬が狭い所に入れられて、それが揃つて此方に尻を向けてゐる。奥の方に低い柵があつて、その向うに連中の関心の対象となるものがあるらしく、みんな柵に前足を載せて向うを見てゐる。一頭だけ仔犬がゐるが、此奴は小さいから柵の上に届かない。それでも恰好だけ真似してゐる。

——はつはつは。

と先生が不意に笑つた。こんな犬つころに笑はせられるのは残念だが、と云ふやうな笑ひであ

つた。その后「ハムレット」を観た筈だが、その方は一向に記憶に無い。

——君、ちよつと見て行かう。

と、清水町先生が立停つた。荻窪の踏切に近い往来で、戦后間も無いころだから、たいへん埃つぽい。その埃つぽい往来に屋台の鰻屋があつて、親爺が鰻を割いてゐた。水を張つた桶のなかにゐる鰻を三本の指でひよいと摘み上げると、俎の上に錐で止める。すつと包丁で背中を撫て、とんと軽く叩いてから二つに割く。とんと叩くのは引導を渡すかに見える。割いた奴は隣にゐるお神さんが串に刺して焼くのである。五、六遍見たらもう充分と云ふ気になる。しかし、先生は一向に動かうとされぬ。おかま帽を被つて、眼をぱちぱちさせながら、凝つと視てゐる。

若松町の逸見広氏のお宅で早稲田文学の会合があつて、終つてから清水町先生と新大久保迄歩いた。戦争の終つた翌年の二月か三月のことだつたと思ふ。満目荒涼たる焼跡を貫く道を歩いてゐたら、路傍に、ぽつねん、と黒い石の地蔵さんが立つてゐた。黒いのは焦げたためらしい。

——いいね。

先生は地蔵さんの前に立つた。

——なかなかいいいね。

積極的に相槌を打たなかつたのかもしれない、先生は僕の顔をちよつと見た。

——君はこんなの嫌ひなのかね？

——嫌ひぢやないけれど……。

——さうかね。

恐らく、当時は地蔵さんなぞ考へる気持の余裕が無かつたのだらう。しかし、先生は湿つた風の吹く曇天の下で、地蔵さんと向合つてをられる。突然、先生は振向いた。

——どうだらう、これ、担いで行けないかね？

僕は吃驚した。地蔵さんは三尺ぐらゐあつて、土台もしつかりしてゐるらしくちよつと押したぐらゐでは動かない。

——重くて無理ですよ。

——でも、二人なら持てるだらう？

妙な話になつて来たから些か慌てた。

——二人でも無理ですよ、それに駅か交番で咎められますよ。

無論、当時はタクシイなぞ一台も無い。

——ふうん、さうかね……？

先生は何だか片附かない顔をして、疑はしさうに僕の方を見た。

友人の吉岡達夫と一緒に、清水町先生のお供をして甲州波高島に行つた。先生の書かれたものに依ると、荻窪の枕言葉は「風あらき」である。尤も、それは昔のことで現在は家がどつさり建て込んだから通用しないだらう。しかし、われわれの泊つた宿は「風あらき波高島」と云ふに相応しい場所にあつた。田圃のなかの一軒家で、先生が原稿用紙の上にインク瓶を載せて置いても、瓶ごと風に飛ばされてしまふ。先生はそこで仕事され、夕刻近く、下部川と富士川の合流する地点の近くで釣をされた。しかし、一匹も掛らなかつた。

二階の窓の前に、松の木に絡み附いた凌霄花が見えた。吹渡る風のなかに、青空を背景にした黄色がかつた紅の花はたいへん印象的に見えた。

——佐藤さんの所に凌霄花がある。

先生はさう云はれた。

清水町先生のお供をして始めて荻窪の末さんの店に行つたのは、昭和十五年ごろである。そのころ末さんの店は、駅から青梅街道を清水町の方に歩いて行くと左手にあつた。小さなおでんやで、五、六人入ると満員になるぐらゐの店だつたと思ふ。そこで末さんはお神さんと二人で店をやつてゐた。

戦后になつたら、末さんは前と逆に陸橋寄りの方に店を出した。前よりずつと大きな店で、いつも満員で、末さんは白い上つ張りを着け白い帽子を被り、赤い頰つぺたをして天麩羅を揚げたりした。人も何人も使ふやうになつた。僕が一人で行つたりすると、末さんは、こなひだの先生の小説読んだか？　とか、新聞の写真を見たかとか訊く。一度、先生の作品が芝居になつたとき、末さんも一緒に見物して、その后、嬉しさの余りひどく酔つ払つた。

末さんの店はもう一度移転して、今度は前より更に大きくなつた。荻窪の実業家になつた。ところが、或る晩暫く振りで寄つたら末さんがゐなかつた。先生に訊くと死んだと云ふ答で吃驚した。内臓疾患で入院して、手術の経過が悪くて死んださうである。

――医者が悪いんだよ。

先生は憮然とされた。

（一九六五年七月）

井伏さんと将棋

僕はこれ迄に何遍か、井伏さんと将棋について書いてゐる。そのなかで何遍か、「戦前は僕の方が強かつた」と書いてゐる。これはつまり、戦後は井伏さんの方が強いと云ふことだから一向に自慢にならない。しかし、井伏さん御自身、自分は弱い者と将棋を指すのが好きだ、王手飛車をして待つてやらうかと云ふときの気分はまた格別である、と云ふ意味の文章を書かれる。その「弱い者」とは他ならぬ僕のことらしいから大いに閉口する。せめて「戦前は僕の方が……」とでも云はぬと恰好が附かない。強かつた筈なのに、戦前の対戦成績は五分五分か、或は僕の方が負越してゐるかもしれない。何故そんな奇妙な結果になるのか、その一例を挙げてみようと思ふ。

戦前、まだ学生のころ、或る日学校へ行くのを中止して井伏さんのお宅に伺つたことがある。朝の九時か十時ごろで、何故そんな時刻にお訪ねする気になつたのか判らない。井伏さんは既に机の前に坐つてをられて、庭先の僕を見ると、

——君、早いね。僕は今日原稿を書かなくちや不可ないんだ。それで早起きしたんだ。と云はれた。大いに恐縮して早速失礼しようとしたら、お茶ぐらゐ飲んで行き給へ、と仰言る。お茶を飲んで二、三無駄話をしてゐると、井伏さんは不意に立上つて将棋盤を僕の前に持つて来た。

——ちよつと指すかね。ちよつとだよ。何しろ、今日中に原稿を書かなくちや不可ないんだ……。

何だか危い予感がして、頻りに辞退した気もするが、それでは一番だけと云ふことで指したら僕が勝つた。ぢや失礼致します、と膝を揃へてお辞儀をして、見ると井伏さんは御自分の駒をちやんと並べて、いまの将棋はあそこが悪かつたとか云つてをられる。お仕事が、と云ひ掛けたら井伏さんは、君、三番勝負さ、一番だけなんて呆気無い、と仰言る。覚悟を決めて、后二番指したら二番とも僕が勝つた。ところが井伏さんは手早く駒を並べて、当然のことのやうに次の勝負を催促なさるのである。責任を痛感するけれども、止めて帰つては不可ないやうな気配もあつて、何となく続けてやつてしまつたのだと思ふ。

気が附いたら、奥さんがお昼御飯を出して下さる。こんな筈では無かつた、と改めて恐縮してもどうにもならない。一番終るたびに、お仕事が、と切出すのもどうかと思つて黙つてゐたやうな記憶もある。その裡に、

――原稿なんて、どうだつていいんだ。

井伏さんは乱暴なことを云ひ出した。僕が盤の上に顔を出して考へてゐたら、井伏さんは、君、暗いよ、だから僕が負けるんだ、と云はれた。事実、知らぬ間に夕暮近くなつてゐて、そのころになると僕は頭がぼんやりしてしまつてずるずる負始めてゐた。結局、夜になつてお暇するときは僕の方が負越してゐて、僕はふらふらであつた。而るに井伏さんはさばさばした顔で、今日は愉快だつたね、堪能したね、と笑はれるのである。とても勝越せたものではないとお判り頂けると思ふ。

因みに云ふと、以上は戦前の話で戦後はかう云ふことは無い。現在井伏さんは四段で、その将棋は筋がいいと加藤一二三八段が折紙を附けてゐる。益勝越すのは難しいのである。

（一九六七年三月）

複製の画

まだ中学生のころだが、或るとき、本を買ひに神田に行つた。本を買つてぶらぶら歩いてゐると、額縁屋があつたから入つてみた。店の真中辺に台が置いてあつて、外国の画の複製が沢山載せてある。それを一枚一枚見てゐると、なかにたいへん気に入つた画があつた。フランス語と英語で画の題が書いてある。そのころ、フランス語は知らないから英語の方を見ると、これは中学生にも判る易しい英語で「薔薇を持つ女」と云ふのである。画家はコロオであつた。

親戚に大学生がゐて、外国の画の複製を沢山持つてゐた。一度遊びに行つたら、その複製の画を出して見せて呉れた。そのなかにコロオの風景画が何枚かあつて、みんな良かつた。なかでも、大きな森のなかを径が通つてゐて、樹洩れ日が径の上に落ちてゐる画があつた。題は忘れたが、その画が大いに気に入つた。

——この画はいいね……。

——うん、いいだらう。

それから、コロオの話を聞いた気がするがさつぱり憶えてゐない。しかし、そんなことがあつたから、コロオの名前は承知してゐた。或は、そのころはまだコロオについて聞いた話を憶えてゐたかもしれない。

「薔薇を持つ女」が気に入つたので、それを買ふことにして額に入れて貰つた。高い額は買へないから安い粗末な額だが、額に入れると一段と良かつた。若い女が右手で胸の所に紅い薔薇を一輪持つてゐて、左手で左の耳の辺りを軽く押へてゐる。ちよつと左の方に首を傾げて、着てゐる物がずれて右肩が露はになつてゐる。真物は知らないが、その全体が渋いセピア色に統一されてゐるのである。

大学生になつてからも、その画を架けてゐたら友人が遊びに来て、

——これは誰の画だい?

と訊いた。コロオだと云ふと、

——へえ、コロオなんて古いんだぜ。

と莫迦にしたやうな顔をした。そのころはセザンヌも好きになつてゐたが、この友人はセザンヌもいいが、いまはもう古いのだ、と云つたりした。しかし、そんなことは余計なお世話と云ふものである。古くたつて新しくたつて差支へない。気に入つたから架けてゐるので、気に入らな

いものは好きにはなれないし、仮令真物でも架ける気にはならない。

もう十年近く前になるかもしれないが、知人に誘はれて上野の美術館を見に行つたことがある。このときは必要があつて展覧会を二つ見たが、所謂抽象画ばかりずらりと並んでゐて、何とも古臭い感じがしてならない。そのとき、ひよつこり学生時代の友人を想ひ出して、あの男はこれを見て何と云ふだらう、と思つたりした。尤もこの友人は学生のころ、久保田万太郎張りの小説をせつせと書いてゐたから不思議である。

先日、荷物を整理する必要が生じて、汗を拭き拭きがらくたの山を動かしてゐたら、古ぼけた額を束ねたなかから、コロオの「薔薇を持つ女」が出て来て吃驚した。吃驚したと云ふのは、その複製の画を持つてゐたことを悉皆忘れてゐたと云ふことである。いつから、その画が埃を被つた儘放置されるやうになつたのか、それも悉皆忘れてゐる。

何だか申訳無い気がして、片附事が一段落したとき古ぼけた額を取出して見た。額縁には傷が附いてゐるし、硝子も茶色に汚れて、折角の娘さんも恨めしさうな顔をしてゐるやうに見える。しかし、見てゐると、昔、中学生のころ神田の店先でその画を買つたときのことが甦つて来たから意外であつた。確かその店には三人の男がゐて、一人が額に画を入れてゐる間、残りの二人は頻りに「Gメン」の話をしてゐたのを憶えてゐる。ジエイムズ・キヤグニイ主演の「Gメン」と云ふ映画がそのころ評判になつてゐたのである。

序があつたので、近所の町に出るとき昔の複製の画を持つて行つて、額縁屋で新しい額に入れて貰つた。今度は前の奴と違つて、もう少し上等の額に入れて貰つた。

——これで宜しうございますか？

と、店の娘さんが新しい額に収つたその画を此方に見せたとき、美しいので吃驚した。好い感じの画で、心が和らぐ気がする。久し振りに何だかいいことをした気がして、たいへん満足した。

（一九七一年十一月）

木山さんのこと

多分、戦後三、四年経つたころだつたと思ふが、木山さんは西荻窪の南口の八百屋の二階に独りで下宿してゐた。遊びに来い、と云はれて友人の吉岡達夫と二人で訪ねたことがある。八百屋の店の前に立つて、吉岡と一緒に、

——木山さあん。

と呼んだら、二階の窓から木山さんが顔を出して、眼鏡を突附き上げて、やあ、と笑つた。狭い梯子段を上つて、二階の部屋で木山さんと将棋を指した。そのころ、木山さんは奥さんや子供さんは郷里に置いて、その二階で自炊されてゐたから、その部屋は如何にもそれらしい殺風景な趣を呈してゐた。

将棋の途中で、木山さんは観戦してゐる吉岡に裏手の窓から見える森を指して云つた。

——あれが、田村君（泰次郎氏）の家ですよ。

吉岡と一緒に僕も眺めたが、大きな森で並並ならぬ大邸宅に見える。二人で大きな家だと感心してゐたら、木山さんは眼鏡を突附き上げて、ははは、と笑つた。

その后暫くして、木山さんが引越したから遊びに来いと云ふので、再び吉岡と一緒に出掛けて行つた。今度は阿佐ケ谷の奥――だつたと思ふが、よく判らない――の寮のやうな建物であつた。木造の長い建物が幾棟も並んでゐて、その一棟の一部屋か、二部屋に木山さんは独りで住んでゐた。

ここでも、僕は木山さんと将棋を指した。木山さんは短いシガレット・ホルダアに烟草を挿して吸ひながら長考する。中村地平氏の文章に依ると、木山さんは長考するので閉口する、焦れつたくなつて負けてしまふ、とあるが僕の場合も多分にそんな所があつた。

この日は、木山さんも一緒に、そのころ荻窪にあつた「よしこの家」に行つて酒を飲んだ。吉岡が木山さんの住居の様子を話すと、気さくなよしこは、その后間も無く木山さんの所に大掃除に出掛けたと云ふことである。

それから、どのくらゐ経つたか忘れたが、木山さんが遊びに来いと云ふので訪ねたのは、新しく出来た立野町のお宅であつた。このときは、もう奥さんも上京されてゐた。吉祥寺かと思つてゐたら、練馬区だと聞いて意外な気がした。番地がヤクシ（八九四）だから憶え易いでせう、と木山さんは云つた。それから、庭に木を矢鱈に植ゑるつもりだと云つた。この日も木山さんと将棋を指した。遊びに来いと云ふのは将棋を指さうと云ふことだから、当然さう云ふことになる。この日は木山さんのお宅で御馳走になつて、帰るとき木山さんは表通迄送つて来られた。近くに辰野隆氏の住居があるとかで、

——辰野さんの家つて訊くと、この辺ではみんな知つてるんですよ。しかし、木山なんて云つたつて誰も知つてないなあ……。

と云つた。

井伏さんの肝入りで「木山捷平を励ます会」と云ふのが新宿樽平の二階であつて、木山さんは笑ひながら、そんなこと云つたつて注文が来ないんだからなあ、と頻りに眼鏡を突附き上げてゐた。しかし、その后間も無く、木山さん独特の文章があちこちの雑誌に見られるやうになつた。多分、このころからだと思ふが、木山さんは碁を覚えて、将棋はそつちのけで碁に熱中した。僕の家にも何遍か、着物で自転車に乗つて碁を打ちに来られた。しかし、僕に九子置く状態で、それが長く続いたので、その裡双方で何となくやらなくなつてしまつた。木山さんは小田嶽夫氏を目標としてゐたらしく、

——小田君ぐらゐになるのは、訳無いですよ。

と云つてゐた。小田さんは小田さんで、木山君なんかに負けるものか、と云つてゐた。何年か経つて木山さんに、このごろ小田さんとどうですか？　と訊くと、

――どうも思つたやうに進歩はせんものだなあ……。

と云ふ答であつた。

何年か前、或る会で木山さんにお会ひしたら、君の所に月桂樹があるさうだが、それは雄か雌かと訊かれて面喰つた。月桂樹に雌雄があるなんて知らなかつた。木山さんは、帰つたら調べてみるといい、と云つたがその儘忘れてしまつた。

木山さんのお葬式のとき、焼香のため傘を差して並んでゐたら弔辞を読む声が聞えて来た。小田さんだな、と吉岡が云つた。そのとき、雨のなかを馴染のある香が漾つて来た。月桂樹の香だな、と思つて見たがそれらしい木はどこにあるのか見当らなかつた。

（一九六八年十一月）

チエホフの本

昔、新潮社から出た世界文学全集に、「露西亜三人集」と云ふ一冊があつて、これにはチエホフ、ゴリキイ、ゴオゴリの三人の作品が入つてゐた。この全集が家にあつて、この本で始めてチエホフを読んだ。いつごろのことかよく憶えてゐない。同じ全集に入つてゐた「モンテ・クリスト伯」を面白がつてゐたころだから、果してチエホフが判つたかどうか怪しいものだと思ふ。

しかし、「アニユウタ」と云ふ短い作品なぞは妙に印象に残つた。医学生が解剖学の勉強をしながら、アニユウタを裸にしてその胸の上に木炭で肋骨の位置を示す線を引く。アニユウタは黙つて云ひなりになつてゐる。何だか滑稽だが、同時に何となく淋しい気がする。それが心に残つたのだらう。

それから暫くして、矢張り新潮社から出た「チエホフ傑作集」と云ふ本を見附けて買つた。訳者も「三人集」と同じ秋庭俊彦氏であつた。この本を読んでチエホフが好きになつたやうな気がする。多分、大学生になつたころだと思ふ。友人にチエホフの好きな男がゐて、「谷間」の書出しの文章を暗誦したりした。

――ウクレウオの村は街道と停車場からただ鐘楼や染物工場の煙突しか見えないやうな谷間にあつた。

それを聞くと、鍬のやうな大きな手を持つたリイパとか、ピストルを打つやうな音を立てて胡桃を嚙み割る聾のステパンとか、「谷間」の世界が忽ち眼前に浮ぶ。

――あそこの村ぢや牧師さまがはららごを召上ります。

と云ふ言葉も気に入つてゐた。

大分后になつてからだが、池田健太郎氏訳の「谷間」を見たら、

――あれがほら、葬式のときに寺男が、イクラをすつかり平げた村だよ。

となつてゐた。秋庭訳は確か英訳からの重訳だつたから、池田訳の方が正しいのは当然と考へて良い。読んでみると、池田訳の方は成程と納得が行く。しかし、こんな場合、殊に若いころは最初に読んだ訳文に左右されてしまふ。だから、いまでも僕の頭のなかの「谷間」の村では、牧師様がはららごを食つて呉れないと困るのである。

チエホフが好きになつたら、もつと読みたくなつて「手帖」とか「書簡集」も買つた。「手帖」の方は忘れたが、「書簡集」は内山賢次訳で春秋社から出た本である。それから、金星堂から出

てゐた「チエホフ全集」も買つた。全部で十八巻だつたと思ふが、揃つた奴は無かつたので、あちこち古本屋歩きして足りない巻を探した。これはなかなか愉しかつた。背に黒い皮が張つてあつて、訳者は中村白葉氏であつた。K・マンスフキイルドに「ドイツの宿で」と云ふ短篇集があつて、そのなかに「疲れた子供」と云ふ作品が入つてゐる。これがチエホフの「睡い」(「睡い子供」)の盗作だと聞いて読み較べたら、成程、そつくりなのに呆れた記憶がある。

そのころ「可愛い女」と云ふ短篇集も買つた。背に赤い皮が張つてあつて、白い表紙に洒落た絵が附いてゐる可愛い本で、本屋は忘れたが訳者は梅田寛氏であつた。その本はもう手許に無いが、想ひ出すと懐しい。

やはりそのころ、古本屋歩きしてゐて「チエホフとトルストイの回想」と云ふ本を買つた。聚英閣から出た本で、訳者は小松原雋と云ふ人である。ゴリキイとクプリインとブウニンの三人がチエホフについて書いてゐて、なかでもゴリキイとブウニンの回想が面白かつた。尤もこの本も英訳からの重訳らしく、これも大分后になつて中央公論社から出た「チエホフの思ひ出」に入つてゐるこの二人の文章と較べると、かなり削られてゐることが判つた。「チエホフの思ひ出」に入つてゐるゴリキイの文章には、モスクワに着いたチエホフの棺に随いて行く筈の連中が、何かの間違で、満洲里から選ばれて来たケツレル将軍の棺に随いて行つたことが書いてある。それから葬列のなかのつまらん連中のことも書いてあるが、チエホフの短篇の一場面を見るやうでなかなか面白い。

ゴリキイは、チエホフを読むと空気が澄切つて、裸の樹立や狭い家や灰色の人物の輪郭が鋭く彫られてゐる晩秋の物悲しい日のなかにゐる感じがすると書いてゐる。確かにそんな感じがあるが、チエホフは読む人に依つて、いろいろの姿を示すやうに思ふ。難しいチエホフ、やさしいチエホフ、滑稽なチエホフ、憂鬱なチエホフ――しかし、当のチエホフはそれらの読者を微笑を浮べながらじつと見てゐる。そんな気がする。

（一九六九年七月）

古い本

僕は「クランフオオド」と云ふ小説本を二冊持つてゐる。これはデイケンズなどと親しかつたギヤスケル夫人の書いた小説で、クランフオオドと云ふイギリスの田舎町が舞台となつてゐる。クランフオオドは女の町で、男は一向に頭が上らない。例へばミス・ジエンキンズと云ふ御婦人について、こんな風に書いてある。

――この人は男女平等と云ふ新しい考へ方を軽蔑してゐた。平等だなんて、とんでもない。女の方が偉いとちやんと知つてゐるのである。

だから、小説のなかで偉さうな顔をしてゐるのは専ら女性ばかりで、ギヤスケル夫人はそれら御婦人の日常生活をユウモアを交へた女らしい筆致で書いてゐる。文章にも品格があつて、なかなか捨て難い味がある。

この二冊の本は別に珍本でも何でもない。二冊とも古本屋で見附けて買つたものである。大体、この本は挿絵入りの奴が多いらしく、僕の持つてゐる二冊にも愉しい挿絵が入つてゐる。面白いのは、二冊とも男性が女性に進呈したクリスマスの贈物だと云ふことである。赤い表紙の本の扉を見ると、ウイリアム・タアバツトなる男がフランシス・デイツキンスンなる女性に贈つたことが判る。日附は一九〇五年のクリスマスである。

もう一冊は三方金で、青い表紙にも一面に金で花模様が捺してあつて、綺麗だから、と云ふ理由で買つたに過ぎないが、この本の扉にはちよいと気取つた書体で「R・S・キイより愛をこめてL・B・リリイ嬢へ」と記してある。名前の下に、花なぞあしらつてゐる所を見ると、キイ君は多感で真面目な青年だつたのかもしれない。日附は一八九五年のクリスマスである。一八九五年と云ふと明治二十八年、日清戦争の終つた年であり、前者は明治三十八年、日露戦争の終つた年なのも偶然と云へば妙な偶然である。

恐らく、「クランフオオド」は当時の男性が、クリスマスに女性に贈るに相応しい本だつたのだらう。仮に彼等がそれぞれ恋人同志だつたとして、その恋はうまく行つたのだらうか？　一体、彼等はどんな連中だつたのだらうか？　それから、どんな径路を経て二冊の本が僕の手に入るに至つたのだらうか？　色褪せたインクの文字を見てゐると、そんなことも考へたりするが、何しろ、六、七十年も昔のことである。贈つた方も贈られた方も死んでしまつたことであらう。

「クランフオオド」にはこんな一節もある。人間誰しも物惜しみするものだが、——私は紐に弱い。私のポケツトは紐で一杯になつてしまふ。拾ひ集めては束ねて置いて、直ぐにでも使へるやうにしてあるのだけれども、使ふときなどありはしないのである。なんて云ふ文章を見ると、われわれの祖母、曾祖母なる日本女性もまたさうであつたらう、と微笑を禁じ得ない。

（一九六八年十二月）

庄野のこと

一昨年、半年ばかり倫敦で暮したが、その間庄野からたびたび手紙を貰つた。外国へ行くと見るもの聞くものすべて珍しいから、報告する材料は沢山ある。郵便局へ出掛けるのも一向に億劫ではない。だから向うから日本へ手紙を出すのは別に面倒ではない。しかし、逆に此方から外国へ手紙を出す場合は何となく億劫になり勝のものである。ところが庄野は定期便のやうに手紙を呉れて、これはたいへん有難かつたし嬉しかつた。もうそろそろ庄野の便が届きさうなものだと思つて、玄関の郵便受を見に行くとちやんと入つてゐる。

庄野の手紙はなかなかいい。いいから困ることもある。例へば一家揃つて新宿の鰻屋に行つた話が書いてある。その鰻屋は前に庄野と何遍も行つたことがあるから、店の構造もよく判る。ああ、あの辺に坐つたのかな、と思つて読んで行くと、肝吸とか蒲焼とか白焼とかうな茶とか出て来る。小説でも判るやうに、庄野は食物の話を洵に上手く書く。庄野の手紙を読んで行くと鰻屋の店の前で匂を嗅がされてゐるやうで、早く帰つて鰻が食ひたいと懐郷の念に駆られる。白焼は芸術品のやうでしたとか何とか書いてあると、何だか溜息が出る。だから困るのである。

一度庄野が茶を送つて呉れたことがある。昔小山清だつたと思ふが、庄野が朝日放送に勤めてゐたころ、此方が金が無くて困つてゐると庄野からコントの注文が来る、まるで此方の懐具合が判るみたいだと云ふのを聞いたことがある。ちやうど倫敦で、日本から持つて行つた茶が無くなつた所へ庄野から茶が届いて、これも有難かつたがそのとき小山さんの話を想ひ出した。一体、庄野はどうして此方の茶が無くなつたと判つたのだらう？　倫敦で一緒に暮してゐた娘も、

——まあ嬉しい。それにタイミングがいいわね……。

と頻りに感心してゐた。

庄野からときをり便りを貰ふ。庭の鉄線の花や梅や小鳥や近況なぞ、そのときどきに応じて書いてある。さう云ふ葉書を貰ふと、気持が伸びて吻とする。だから此方もなるべく便りを出すやうにするが、無精者だからなかなか思ふ通りには行かない。用件は電話で片附けるが、用件ではないこんな何でもない便りを貰ふのはまた格別愉しい。尤も用件の電話と云ふのは、大抵、何日の何時にどこで待合せようと云ふ類である。待合せて行先は酒の店に決つてゐる。さう云ふことが一ケ月に一遍、或は二ケ月に一遍くらゐあるかもしれない。

この一月、学校に出た日、教室から研究室に戻つて来たら扉に小さな紙片が鋲で留めてある。

穴八幡迄家内と参詣の来た序に寄つてみたが、授業中らしいので帰ると云ふ意味のことが書いてあつて庄野の名前があつた。暫く庄野に会はないから、残念な気がしてゐたら扉を叩く音がして庄野夫妻が現れた。学校の傍の三朝庵と云ふ蕎麦屋へ行つて、もう一度引返して来てみたと云ふから愉快な気がした。このときは引続いて研究室で授業があるので、庄野夫妻は間も無く帰つて行つたが、庄野は毎年奥さんと一緒に穴八幡に参詣するらしい。さう云へば前にも聞いたやうな気がするが、はつきり憶えてゐない。

——お詣すると……。

古本屋を見て歩いて、高田馬場駅近くの喫茶店で休憩して帰るのださうである。前にその喫茶店に入つたら、奥さんがホット・ケエキが美味さうだと云つて食べて、事実たいへん美味かつたので今日もそこへ寄ると云ふ。

——残念だな、后まだ二つあるんだ……。

授業が無ければ庄野とどこかへ行けるが、さうも行かない。いつだつたか銀座の画廊で偶然庄野夫妻と一緒になつたら、奥さんは、ではごゆつくり、と云つて当然のことのやうに先に帰つて行つた。庄野も当然のやうな顔をしてゐたのを想ひ出す。庄野は以前一年ばかりこの学校の講師をしたことがある。そのときは出講日を同じにして帰途はいつも横田（瑞穂）さんと三人で新宿へ出た。庄野がいつから穴八幡にお詣するやうになつたか知らないが、そのころからかもしれない。

かう云ふ庄野は信心深いと云ふのか古風と云ふのかよく判らないが、実はそんなことはどうでもいい。お詣と云つても人に依つてしつくり来ない場合もあるが、庄野の場合はそれが如何にもしつくり納つて好い感じがある。如何にも庄野らしいと思ふ。庄野も書いてゐるが、庄野の家では客から土産を貰つたりするとピアノの上に載せる。供へると云つた方がいいかもしれない。それを見ると、矢張り如何にも庄野の家らしいと思ふ。この感じは悪くない。

四、五日して庄野から葉書が来た。その一部を茲に紹介する。「あれから古本屋を少し覗いて、『ユタ』で家内にホット・ケーキを食べさせ（小生は紅茶）帰宅しました。貴兄の授業があと一組だけなら、大隈会館で待たせてもらつても——ビールでも飲みながら——よかつたのですが……」。その後に、先日浅草近くのある店でふぐを食つたら「新しくて、安くて、すこぶる美味でした」と書いてあつた。今度はその店に行きたいと思ふ。

（一九七四年三月）

障子に映る影

冬の日、障子に陽射が落ちてゐるのを見ると何となく落着いた気分になる。穏かな午後の陽射が、白い障子に冬枯れの樹立の影を映してゐるのを見るのも悪くない。裸の枝に何の鳥か判らないが小鳥が来て、その影がひらりと動いて消えてしまふ。どこへ行つたのか障子を開けて覗いて見たいが、面倒だから炬燵に当つてぼんやりしてゐる。そんなとき、ひよつこり遠い昔の記憶が甦ることがある。

まだ学生のころだが、矢張り障子に映る樹立の影をぼんやり見てゐたことがある。しかし、このときは炬燵に当つてゐたのではない。伯母の一周忌か何かで寺の広い本堂に坐つてゐた。何でも二十人ばかり坐つてゐて、坊さんが長長と経を読むが一向に終りさうにない。退屈だから、ぼんやり障子の方を見てゐたのである。それから、今度は障子と反対の方の遠くの襖に眼を向けたら途端に襖が開いて、青い着物を着た寺の女中が小腰を屈めると、死んだ伯母の妹に当るもう一人の伯母が入つて来た。伯母が女中に会釈すると、女中も会釈して襖を閉めた。

――珍しいこともあるものだ。

と思つたのは、この伯母は結婚して関西の田舎に引込んだきり一度も上京したことが無い。姉の伯母の葬式のときも、伯父は出て来たが、この伯母は出て来なかつた。それがひよつこり姿を見せたから、珍しいと思つたのである。

しかし、気が附いたら入つて来た筈の伯母の姿はどこにも見当らない。この伯母のことは前に短篇に書いたことがあつてこの挿話も書いてゐる。作品のなかでは、伯母の姿はどこにも無かつた、と片附けてゐるが、伯母が入つて来るのを見たのは実は幻覚だつた訳で、さうでなければ伯母が消える筈が無い。しかし、そのときの此方の頭は余程変だつたらしい、入つて来た以上はその辺に坐る筈だと思つて、見えない伯母が坐りはしないかと空いてゐる座布団の凹むのを予期して見てゐた記憶がある。そんなことを考へて別に不思議とも思はなかつたらしいから、頭がどうかしてゐたのである。幻覚と気が附いたのは、長い読経が終つてからだと思ふ。

法事が終つてから渡り廊下を通つて、座敷で休息したとき、茶を運んで来る何人かの女中のなかに先刻の女中を探したが見当らなかつた。女中はみんな青い着物を着てゐたが、伯母を案内して来たのはすらりとした美人で、会釈しながらにつこり笑つたのを憶えてゐる。幻覚と判りながら、その女中さんを探したのはどう云ふつもりだつたのか判らない。まだそのことに拘泥してゐたのかもしれない。そのとき何故そんな情景が鮮かに見えたのか、いま考へても不思議な気がしてならない。

法事があつたのは品川の海晏寺と云ふ古い寺で、昔は紅葉の名所として有名だつたらしく、「江戸名所図会」にも出てゐる。怖い伯父が一人ゐて、岩倉具視や松平春嶽の墓があるから見るといい、と云ふので出てみたが何を見たのかさつぱり憶えてゐない。

それからみんなぶらぶら歩いて近くの川崎屋と云ふ料亭に行つた。これも江戸時代からある古い店で、あなご料理が名物だつたさうである。

――以前はこの家の傍迄海だつたから、この座敷に坐ると海が見えてなかなか良かつたものだ。

怖い伯父がさう云つたから窓を開けて見ると、埋め立てた跡に矢鱈に家が建て込んでゐて、海はどこにも見えなかつた。伯父の話だと昔は伊藤博文や井上馨とか云ふ人物も会飲したと云ふが、余り古い話だから一向に実感が湧かなかつた。しかし何だか古風でひつそりした料理屋で、海が見えなくなつたせゐかどうか、そのころは客も余り多くはなかつたやうである。そのとき一度しか行かないが何となく懐しい気がするのは、現在そんな感じの料亭が無いためかもしれない。それから三十年ばかり経つて、その辺がどうなつてゐるかさつぱり判らないし、普段想ひ出さない。

しかし、障子に映る樹立の影を見てゐると、古い記憶が思ひ掛けなく顔を出すことがある。それは障子に映つて消える小鳥の影のやうに、心の窓を掠めて消えて行く。　（一九七一年十一月）

つくしんぼ

春先になると、庭の片隅に杉菜が出るが、土筆はつひぞ見掛けたことがない。植物辞典によると土筆と杉菜は兄弟分だから、杉菜のある所土筆あり、と考へて差支へない筈なのに、さうでないから何とも合点が行かない。

あるとき、仏文学の村上さんに会つたら、村上さんの家の近くに土筆がどつさり出る所があつて、毎年土筆を摘むと云ふ。現に村上さんの大先輩の某先生もその季節になると土筆を摘みに来られると云ふ。

——土筆も袴をとるのが大変でね、指が真黒になるんだ……。

もしかすると村上さんは袴を脱がせる、スカアトを脱がせると表現したかもしれない。昔、逗子の山のなかに伯母が住んでゐて、春休に遊びに行つたとき、伯母と一緒に土筆を摘んだことがある。一度は山番の爺やもついて来て、こんな下らないもの、なんてぶつぶつ呟きながら土筆を摘んでゐた。しかし、そのとき袴をとつて指を黒くしたかどうか、記憶が鮮明でない。村上さんの話を聞いたら、何だか土筆が欲しくなつた。庭の片隅に欲しくなつたと云ふことである。念のため、杉菜と土筆の関係を村上さんに訊ねると、――あれは違ふものらしいですね、と云ふ答であつた。同席した矢張り仏文学の室さんも、

――杉菜と土筆は別ものだよ。

と自信あり気に判定した。何しろ室さんは江戸時代の学者の末裔であつて、自他共に許す物識りであるから、当方としても疑念を抱いては失礼であらう。

――ぢや、辞典が間違つてるのかな？

――さうだよ、辞書が間違ひですよ。

室さんはこともなげにさう断定した。

あるとき、用事があつて村上さんのところに寄つたら、土筆を摘んで行けと云ふ。二、三日前に某先生が大量に摘んで行かれたが、まだ残つてゐる筈だと云ふ。案内されて行くと、四囲にコンクリイトの塀をめぐらした水道の浄水場があつて、入口に「無用ノ者ノ立入ヲ禁ズ」とか書いた立札がある。

――大丈夫ですか？

――大丈夫ですよ。同じ町内だから……。

門をくぐつてなかに入ると、矢鱈に大きな四角い土の壇の如きものがあつて、見ると土筆が沢山出てゐる。壇の外の空地にも沢山ある。土筆を栽培してゐるとしか思へない。しかし、当方の目的は沢山摘むことではなくて、根のついた奴が欲しいのである。路傍で拾つた棒つ切れで土筆を掘つてゐたら、

——どちらの方ですか？　何をされてゐるんです？

と云ふ声がした。吃驚して見ると、年輩の男が少し離れたところに立つてゐた。

——ああ、町内のものでして……。土筆をとらせて頂いてゐます。

村上さんは前にも経験があるのか、さりげなく応ずると、その男は大変拍子抜けのした顔をして、土筆なら向うに沢山ある、と云つて行つてしまつた。多分呆れたのだらう。棒つ切れでは満足に掘れなかつたが、それでも四、五本とつて、帰りかけたら入口附近に三、四人、水道の人がゐる。その人たちに礼を云つたら、みんな呆気にとられた顔をした。しかし、空は晴れて桜の花が散りかかり、何となく悪くない気分であつた。

持つて帰つた土筆を植ゑておいたら、土筆は枯れてその傍から杉菜が出た。先方の都合もあらうが、かう簡単に杉菜が顔を出しては面白くない。村上さんは来年が愉しみだね、と云ふが、杉菜を見てゐると何とも浮ぬ気がして面白くない。

（一九六五年四月）

或る日のこと

地下鉄の東西線が三鷹迄来るやうになつてからは、専らこの電車に乗つて勤務先の学校へ行く。乗換無しだから、たいへん都合が好い。その前は中央線の電車に乗つて、中野で各駅停車の電車に乗換へて東中野で降りて、それからまたバスに乗つて行つた。乗換が煩はしい上に、時間も一時間以上かかつた。いまは電車だけだと三十分もかからない。その替り、電車は中野で地下に潜るから、その先の地上のことはさつぱり判らない。

先日、私鉄がストライキをやつた。学校に出る日だが、当然学校は休になると思つてゐた。念のため家の者に学校に電話を掛けさせたら、ちやんと授業はやると云つたと云ふから吃驚した。国電がストライキをやると休になるが、私鉄のストライキのときに何故私学が休にしないのかよく判らない。電話なんか掛けさせなければよかつたと思ふが、掛けて聞いた以上休むのは憚りがある。東西線も動いてゐないから中央線の電車で行くのが順序だが、新宿で乗換へるのが気に入らない。幸か不幸か知らないが、近くを西武線の電車が走つてゐて、これは殆どストライキをやらない。他の私鉄が動かないときでもちやんと動く。無論この日も動いてゐる。

ちやうど娘が遊びに来たから、娘の車で西武線の東伏見の駅迄行つて電車に乗つた。以前一時西武線を利用したこともあるが、十何年も前のことだからよく憶えてゐない。中央線の沿線は、家が一杯建込んで緑も尠いし空地も無い。しかし、窓から外を眺めてゐると、この電車の沿線には緑が沢山あつて、あちこちに畑だとか空地がある。森ではないかもしれないが、森だと思はせるやうな樹立の茂つた所もあつて悪くない。何だかどこかへちよつと遠足に出掛けるやうな気分がする。

——気分転換に、ときどきこの電車に乗つてみようかしらん……。

そんなことも考へる。

高田馬場で電車を降りて、駅を出て吃驚した。知らない裡に広場が出来てゐて、辺りに大きな建物が並んでゐる。高田馬場と判つてゐるからいいが、眼隠しされて連れて来られたらどこだか判らないかもしれない。前に一、二度誰かに引張られて高田馬場の酒場に来たことがあるが、そのときは酔つてゐたから酔眼朦朧として街の姿なぞ眼中に無かつた。

何となくその辺を見廻してゐたら、スクウル・バスの発着所があるから、そこへ行つて並んだ。昔、一時スクウル・バスを利用したことがある。そのときは確か往復十五円と云ふ切符だつたと思ふが、いまは四十円入れるのである。学校に着いて廊下で若い同僚に会つたら、おやおや、よく来られましたね、と云ふから心外である。

自分の部屋に坐つてゐたら、間も無く学生が一人入つて来た。三人のクラスだから自分の部屋で茶を飲みながらやることになつてゐる。この学生は学校の近くに下宿してゐるから、歩いて来られる。ところが後の二人が現れない。二人共、ストライキをやつてゐる私鉄の沿線に住んでゐることに始めて気が附いた。仕方が無いから授業は中止にして、ビイルでも飲みに行くかと云ふと相手は即座に同意したが、この先はまた別の話である。

（一九七五年五月）

狆の二日酔ひ

酒を飲み過ぎると二日酔ひになる。このごろは昔のやうに無茶はしないから、ひどい二日酔ひになることは滅多に無い。しかし、少し度を過すと翌日は頭が重くて何をするのも億劫だから、何もしないで臥てゐる。二日酔ひになる程飲まなければいいでせう、家の者は尤もらしい口を利くが、そんなわかり切つたことを云はれると腹が立つ。大体、二日酔ひにならうと思つて酒を飲む莫迦はゐない。ところが飲み出すとその辺のけじめが怪しくなつて、結果としては莫迦になつてゐるのだから面目ない。

友人の一人に、二日酔ひにならない方法と云ふのを聞いたことがある。生憎、酒を飲んで話を聴いたから、そのときはわかつたつもりだつたかもしれないが、翌日は悉皆忘れてゐたから何の役にも立たない。ある日、この友人に会つたら何やら浮ぬ顔をしてゐる。どうしたんだい？　と訊くと今朝早起きしたからだと言ふ。何でもその朝早く起きなくちやならない事情があつて、幾らか不眠症気味だから寝酒を飲んで寝ることにした。早起きしなくちや不可ないと思ふと、却つて寝付かれないことがある。さう云ふ経験は此方にもあるから、うん、うん、と聴いてゐたら、その寝酒の度が過ぎたらしい。

——どうも今日は二日酔ひ気味でね……。

朝起きるのもたいへん辛かつた、と云ふから可笑しかつた。これでは何のために寝酒を飲んだのかわからない。二日酔ひにならない方法を説いた当人にしては、何とも理屈に合はない話だと思ふが、何事も筋書き通りには行かないと云ふことだらう。

二日酔ひのときは迎へ酒をやるといいとよく云はれるが、試みたことは無い。試みる気にもならない。いろいろ二日酔ひの妙薬を云ふ人もあるが、面倒臭いから臥てゐるのが一番いい。余儀無い事情のあるときは、仕方が無いから風呂に入つて酒気を抜くのである。

あるとき、風呂に入つてゐたら玄関のブザアが鳴つた。ちやうど家の者は近所に買ひ物に行つて留守だから、出ない訳には行かない。地方の酒屋へ注文してあつた酒が届く予定の日だつたから、それだらうと思つて、身体をふいて着物を着てゐると、またブザアが鳴る。

——いま行くよ。そんなに鳴らすな。

独言を云つて玄関に出て行つて、どなた？　と訊くと、扉の向かうで女の声が、何とか化粧品の者ですがと云ふのである。

——女はゐないよ。

思はずさう怒鳴つたら、先方は吃驚したのだらう、駆け足で門を出て行く足音が聞えた。それからもう一度風呂に入つてもいいが、どうも気持が中途半端になつてしまつていけない。中途半端の気分で、苦い烟草を喫んでゐたら、家の者が帰つて来て、

——何を脹れてるんですか？

と不思議さうな顔をした。

狆を飼つてゐる友人がゐる。狆だらうと云ふと友人は、いや、ペキニイズだと云ふが、どつちだつて構はない。その友人の家の広い庭には、いろんな植物が植ゑてあるから、ときどき見に行く。植物を見て、その后で御馳走になるときは、その狆がいつも傍に坐つて、狆くしやの顔をして此方を見てゐる。

以前は五、六匹の猫がゐて、それが傍に並んで坐つてゐた。猫にはみんなどこかの酒場の女の名前が附いてゐて、なかには知つてゐる女性の名前の附いた奴もゐる。何だか妙な具合だが、当人は五、六人の美女をはべらして酒を飲んでゐる気分らしいから、余計な口出しはしない。それがいつからか忘れたが、猫の替りにこの狆ころが酒の席に顔を出すやうになつた。犬だから別に口を利く訳は無いが、何となくお相伴と云ふ恰好で坐つてゐる。

いつだつたか、この友人の家に行つて酒を出されて飲んでゐると、いつも傍に来る狆が姿を見せない。

——狆はどうしたんだい？

——あそこにゐるよ。

見ると隣の部屋の卓子の下に、だらしの無い恰好で寝そべつてゐる。おい、と呼んでも、日ごろ愛想のいい奴が何となくぐつたりした様子だから只事では無い。

——どうしたんだい、病気なのかい？

——なあに、あいつは昨日奈良漬を食つてね……。

これには驚いた。犬が奈良漬を食ふとは知らなかつた。

——ふうん、奈良漬を食ふのかね……。

——うん、あいつは奈良漬が好きなんだ。昨日は奈良漬を食ひ過ぎて、今日は二日酔ひなんだ。莫迦な奴だよ。

友人がさう云つたから、二度吃驚したが、狆ころの奴は話がわかつたのかどうか、恨めしさうな顔をして此方を見てゐた。相当の重症らしいが、その顔を見たら何だか他人事とは思へないやうな気がしたから不思議である。

（一九七七年三月）

蝙蝠傘

或る雨の夜、或る酒場に寄つて帰らうとしたら蝙蝠傘が見当らない。傘立に傘は何本も立ててあるが、みんな違ふ傘である。

——どんな傘ですか？

と訊くから、古ぼけた傘でこれこれと特徴を説明したら、

——それぢや、何とかさんだわ……。

と店の女には見当が附いたらしい。何とかさんだか、かんとかさんだか知らないが、何でもその客が、これだ、と云つて此方の傘を持つて行つたらしい。雨が降つてゐるから、傘が無いと困る。

——これをどうぞ。

と替りの傘を出して呉れたから、それを持つて店を出たが誰の傘か知らない。或は何とかさん

の傘だつたかもしれない。店を出るとき、今度返しに来る、と云つたら、いいえ、その儘お使ひ下さい、と云つたのはどう云ふ意味か判らない。

間違へられた傘は二十年ばかり前に買つた古傘で、無骨な木の柄が附いてゐる。黒い布の端の方に小さな穴が一つ明いてゐるが、これは昔酔つて烟草の火で焦がした跡である。傘を差して、眼の前に穴が見えるのは面白くないから、いつも穴が後方に行くやうにして差す。穴の明いてゐるのは拡げて見なければ判らないが、そんなおんぼろ傘を、これだ、と云つて持つて行つた人間の気持が判らない。

替りに持たせて呉れた傘は、まだ新しくて上等の奴だが、当世風の釦式で釦を押すとぱちんと開く仕掛けになつてゐる。そんな傘は使つたことが無いから、いきなり眼の前で手品みたいに傘が拡がつたから面喰つた。気分がちぐはぐになつて落着かないから、気分転換にもう一軒酒場に寄つたら、傘を受取つた女が、

——あら、新しい傘ですね……。

と云ふ。何だかがつかりする。古い傘と間違へられたのだと説明したら、

——あら、得しましたね……。

と云ふから益面白くなかつた。もしかすると何とかさんも釦式が嫌で、故意に古傘を狙つて持去つたとも考へられる。

家には使はない古い蝙蝠傘がもう一本ある。これは穴は明いてゐないが、柄が直ぐ抜けてしまふ。頭上に翳してゐるときは、多少ぐらぐらするが、何とか傘の役目を果す。しかし、うつかりステツキみたいに柄を持つと、柄だけ手許に残つて、胴体は地面に転つてしまふからみつともない。昔、或る所へ行つたら急に雨が降出して、仕方が無いから近くの店でその傘を買つた。最初の裡は勤務先の部屋に置いて不意の雨に備へたが、柄が抜けるやうになつてからは滅多に使はない。

新しくて上等でも、釦式の奴は気に入らないから、その后間も無く吉祥寺の百貨店に傘を買ひに行つた。傘の売場に行つて見たら、みんな釦式で、子供の頃から馴染の手で拡げる傘は一本も無い。これには驚いた。

——何故、無いんだい？

と訊いたら、店員の女の子は、

——この方がずつと便利ですよ。

と不思議さうな顔をした。不便な奴が欲しいのだ、と女の子に云つても始らない。何だか味気無い気分になつたから、他の店を覗く気も無くなつてその儘帰つて来た。

仕方が無いから、もう一本の蝙蝠傘を使ふことにして、家の者に何とか柄が抜けないやうにして呉れと云つたら、ボンド糊か何かで固定したらしい。

——大丈夫みたいですよ。

と云ふから、柄の所を持つて振つてみたが、今度は抜けない。

その傘を何遍使つたか忘れたが、一ケ月程前の雨の降る晩、或る会に出るためにその傘を差して家を出た。三鷹駅のプラツトフオオムを、傘をステツキみたいに振りながら歩いてゐたら、不意に傘の重量が無くなつて、胴体が前方に転つたから吃驚した。人が見て笑つたかどうか知らないが、洵に恰好が悪い。急いで胴体を拾ひ上げて、柄をくつつけたがもう繋るものではない。仕方が無いから傘の骨の上の所を握つて、このぼろ傘奴、と内心腹を立てた。

会が終つて帰るとき、若い男が二人随いて来た。雨は歇んでゐて、一人が、傘をお持ちしませう、と云ふから何気無く渡したら、すとん、と胴体が落ちてしまつた。若い某君は手に残つた柄を見て、

——あれ、どうして抜けたんだらう？

なんて云つてゐるから、事の次第を説明してやつた。何故柄の抜ける傘を持つてゐるかを納得させるには、或る酒場で傘を間違へられたと云ふ所から始めないと不可ない。その話を車のなかでしたか、酒場に坐つてしたか忘れたが、百貨店に行つたが旧式な傘は無かつたと云つたら某君が、

——そんなことはありません。売つてゐる店はある筈です。

と自信あり気な顔をした。

二軒目か三軒目かに、前に傘を間違へられた酒場に行つたら一人が、今度は此方がいい傘を持つて出たらどうでせう？　と良からぬことを提案したが、無論、そんな真似はしなかつた。仮に持つて出たとしても、それが釦式なら何にもならない。だからと云つて、傘立の前に立つて、釦式でない奴はどれかしらん？　と物色するのは差障がある。

——三鷹駅のプラツトフオオムで、傘の柄が抜けて恥をかいた。

翌日、さう云つたら、家の者は可笑しさうに笑つたから気に喰はない。こんな傘は二度と差さない。それから、百貨店には無かつたが個人の店ならあるかもしれない、是非共旧式な蝙蝠傘を見附けて来いと家の者に吩附けたら、早速出掛けて行つて、ちやんと旧式な傘を買つて来たから嬉しかつた。木の柄の頑丈な造の黒い奴で、如何にも蝙蝠傘と呼ぶに相応しい。二、三度、拡げたり窄めたりして好い気分になつてゐたら、

——もういいでせう。文鳥が吃驚してますよ。

と家の者が云ふ。成程、文鳥は台所の方へ逃げて行つて、ぴつ、ぴつ、ぴつと啼いてゐた。

それから一週間ばかりしたら、包が届いた。玄関で包を受取つた家の者が戻つて来て、某さんからですよと云ふ。先夜一緒に酒を飲んだ若い某君が、何か送つて呉れたらしい。家の者は長い包の貼紙を見て、

——洋傘と書いてありますよ。

と不思議さうな顔をした。何だつて、と云つて見るとちやんと洋傘と書いてあつて、開いて見ると紛れも無い旧式の、木の柄の附いた茶色の蝙蝠傘が現れた。

（一九七七年十二月）

落し物

拾ひ物には縁が無いが、二度ばかり紙入れを落したことがある。しかも二度とも出て来たのだから、運が好かつたと云へるだらう。一度は数年前のことだが、或る晩知人が訪ねて来たので外出して酒場に行つた。翌日になつたら、紙入れがなくなつてゐるのに気が附いた。どこで落したか判らない。ちやうど義姉が来てゐて、きつと出て来ますよ、と云つたが、気休めとしか思はない。

ところが夕方になつたら、昨夜行つた酒場の一軒から電話が掛つて来て、あんたの紙入れはちやんと当方に保管してあるから、と云つたから歓んだ。着流しで出掛けたので、懐から滑り落ちたらしい。何でも若いバアテンが拾つたら、なかに名刺が二、三枚入つてゐたのですぐ持ち主が判明したのださうである。日ごろ、名刺を使ふことはほとんど無いが、意外なときに役立つものだと初めて気が附いた。

もう一度は、つい最近のことだが、友人と酒を飲んで帰つたら、翌日、家の者が、

——財布をなくしたのを憶えてゐますか？

と云ふから面喰つた。何でも帰宅してから、紙入れが無いとぶつぶつ云つてゐたと云ふが、一向に記憶に無い。何か思ひ出さうとするが、何も手懸りが無いのだから閉口する。偶然、義姉が訪ねて来て、あら、またですか？　とあきれた。先方からすれば、来る度に落し物をしてゐるやうに見えるのかもしれないが、そんなことはない。たまたまそのとき来合せたに過ぎない。義姉は、前になくしたときも私が来てゐて出て来たのだから、きつと今度も出て来ますよ、とわかつたやうな判らないやうなことを云つた。今度も気休めとしか思はなかつたが、その通りになつたのだから、これには驚いた。

夕方になつたら昨夜行つた二、三軒の酒場に電話してみよう、さう思つてぼんやり庭の紅梅を見てゐたら、だれか勝手口に来て家の者と話をしてゐる。そのだれかさんが帰つたら、家の者が来て、

——お財布があつたさうですよ。

と云つたから驚いた。話を聞くといま来たのは近所の奥さんで、その御主人が紙入れを拾つたと云ふのである。出勤のためバスの停留所へ歩いて行く途中、道ばたに落ちてゐる黄色つぽい革の紙入れを拾つた。泥靴で踏んづけたやうな痕が附いてゐた。急いでゐたから、そのまま勤務先

に持つて行つて、調べたら名刺が入つてゐたので、早速、電話でそのことを奥さんに伝へて来たと云ふから大いに恐縮した。紙入れがあつたと判つたときはたいへんうれしかつたが、何だか醜態を、白日の下にさらしたやうで恥づかしかつた。多分、表通りでタクシイの代金を払つて、そのとき紙入れを落して、生憎昨夜は雨だつたから、知らずにぬれた靴で踏んづけたのだらうと思ふ。その恰好が見えるやうで、眼をつむりたかつた。

これは落したのではないが、大分以前、紙入れが行方不明になつたことがある。酔つて帰ると翌日は何も憶えてゐないが、酔つてゐるときは、この程度のことは忘れる筈が無いと思つてゐる。忘れる筈が無いからと思つて、悪戯半分に書斎のどこかに紙入れを隠して置いたら、后でその隠し場所が判らなくなつて大いに閉口した。それも、最初はどこかで落したと思つてゐたが、家の者が、

――さういへば昨夜は帰つてから書斎にちよつと入りましたよ。

と云ふのを聞いて、はてな、と思ひ直した。それから考へてゐるうちに、少しづつ記憶が甦へつて、さう云へば書斎のどこかに置いたらしいとやうやく思ひ出した。

思ひ出したのはいいが、それから先がさつぱり判らない。出来るだけ、前夜の酔つた心境に立ち戻つたつもりで、あちこち探すが一向に見当たらない。仕方が無いから新しい紙入れを買つて、憮然とした。

それからどのくらゐたつたころか忘れたが、必要があつて、梯子に乗つて書棚の高い所にある或る本を取出したら、ぱたり、と床に紙入れが落ちたから吃驚した。ちやんといくばくかの金子も入つてゐて、何ともたいへん嬉しかつた。

昔、良寛は誰かに落した金を拾ふのは楽しいものだと聞いて、持つてゐた金を地面に捨てて拾つたが一向に嬉しくない。何遍も投げてゐるうちに、金がころころと転つて見えなくなつた。草叢にでも入つたのだらう。苦労して探してゐたらやつと見附かつて、良寛は成程楽しいものだとよろこんだと云ふ。そんな話を、以前どこかで読んだことがあるが、本棚の上から紙入れが出て来たときは、この良寛さんの話を思ひ出した。そのときは余り嬉しかつたので、もう一度やつてみようかしらん？　と思つた程だが、無論、そんな莫迦な真似は二度とやらない。

（一九七八年三月）

古い唄

先日、探し物をしてゐたら、肝腎の品物が見附かる前に古い日記帖が眼に附いた。二十五、六年前の日記だから、その頃は毎日何をしてゐたのかしらん？　と覗いて見たら、ベッドでラヂオの懐しのメロデイを聴くと書いてある所があつて、曲名も並べてある。大病した后だから寝床でラヂオを聴くことが多かつたのだらう。三文オペラ、ワルツ合戦、狂乱のモンテ・カルロ、マドロスの恋、只一度だけ、ウヰインと酒、巴里祭、巴里の屋根の下等等とある。いまの懐しのメロデイとは大分趣が違ふ。

それを見てゐたら、何だか昔が懐しくなつたから探し物は後廻しにして、レコオドで古い唄を聴くことにした。大分以前のことだが、酔つて新宿のレコオド店で、昔の映画の主題歌集を買つて持つてゐる。三枚一組になつてゐて、仏、独、米三国の映画主題歌が収めてあるが、そのなかには無論前述の唄もみんな入つてゐる。そんな映画は大抵、昔観てゐるから、唄を聴いてゐると何となくいろんな場面が甦るやうな気がする。甦らなくても、そんな錯覚を覚えるから一向に構はない。序に、そんな唄を酒場で友人達と大声で合唱したことも想ひ出したりする。

古い唄を聴いてゐたら、ひよつこり、若い友人の某君がやつて来た。途中で中止する必要も無いから、レコオドはその儘にして置いたら某君が訊いた。

——これは何と云ふ唄ですか？

——「自由を我等に」つて云ふ映画の主題歌だ。

——そんな映画、ありましたかね……？

そのレコオド・アルバムに附いてゐる解説の刷物があるから、それを見せたら、一九三一年ですか、と云つて呆れたやうな顔をした。まだ私は産れてゐませんでした。知らないのが当前である。

——ジャン・ギャバンは知つてるだらう？

——無論、知つてゐます。

それぢや、ジャン・ギャバンの唄を聴かせてやらうと云つて、レコオドを裏返しにしたが、ダミアとかアルベエル・プレジャンの唄が先だから直ぐには出て来ない。ジョセフイン・ベエカアの「ハイチ」の后に出て来る。

昔、「我等の仲間」と云ふ映画を観たことがある。監督はジュリアン・デュヴイヴイヱで、富籤を当てた五人の仲間がその金で巴里郊外の河畔にレストランを経営しようとするが、果敢無い夢と終つてしまふと云ふ話で、なかなか面白かつた。当時、昭和十二、三年頃と思ふが、この映画に出た悪女役のヴィヴィアンヌ・ロマンスが大いに気に入つてゐたものである。

この映画のなかで、ジャン・ギャバンが「水の畔を歩いてゐると」と云ふ唄を歌ふ。この唄も気に入つてゐて、当時レコオドになつたのを聴いたこともある。それがこの主題歌集に入つてゐる。その唄が始つたら某君は、案外上手いですね、なんて感心してゐた。聴いてゐる裡に何か想ひ出しさうになつたから、何だらうと考へてゐると、某君は刷物を見て、おや、次は「望郷」の主題歌ですね、と頓狂な声で云つた。お蔭で気持がちぐはぐになつて、何を想ひ出しさうになつたのか判らなくなつてしまつた。何だか面白くないが、余り急かすな、と文句を云ふ訳にも行かない。

（一九七八年六月）

道標

散歩路の途中に、石の古い道標が二つある。古い道標があるから、その路も昔からの路だと思ふ。自動車がやつと擦違へる程度の路で舗装してあるが、昔はもつと狭かつたらう。路に名前があるのかもしれないが、それは知らない。最初の頃は道標を見ても、別に気にも留めなかつた。路を歩いて行くと、右手に広い畑と芝地があつて、左手に疎らに家が並んでゐる所がある。道標の一つはこの左手のブロックの塀の外れにあつて、二米ばかりの高さの石に馬頭観世音と大きく彫つてある。それから二百米ばかり行つた先に十字路があつて、その右角にもう一つ立つてゐる。これは高さ一米ばかりのずんぐりした石の道標で、何が彫つてあるのかちよつと見たぐらゐでは判らない。

三、四年前の暑い日だつたと思ふが、背の高い方の道標の台石に婆さんが一人腰を降してゐて、此方に向つてお辞儀をすると、

——まうし……。

と云つた。まうし、と聞えたが、或は婆さんはもしもしと云つたかもしれない。何だと思つたら、この石は一体何の石かと訊くのである。これは道標で馬頭観世音と書いてあると教へたら、婆さんは、おや、まあ、とか云ふと台石から尻を上げて、

——これはどうも失礼致しました。

と道標に向つて頭を下げた。

それから、婆さんはこんなことを云つた。最近この近所に移つて来たが、この近くに観音様があつて、皆さん、お詣すると聞いてゐる。そこで自分もお詣しようと思つてやつて来たが、疲れたので茲で一休してゐた。真逆これがその観音様とは知らなかつた。尻なんか載せて申訳無い。婆さんの話を聴いて想ひ出したから、この先にもう一つ道標があるが、みんな観音様と云ふのは其方だと思ふと云つたら、どうも御親切に、と婆さんは礼を云つた。これは別に出鱈目を教へた訳では無い。お詣は初耳だが、ずんぐりした道標の台石には空缶だか何か載せてあつて、いつ見ても花が供へてある。季節に依つて蒲公英だつたり、赤のまんまだつたりするが、何れも身近な奴で、お詣する人の見当も附くやうな気がする。

婆さんの話を聴いて、何となく道標が気になつたのかもしれない。その后間も無く、道標の文字を読んでみたことがある。読んで忘れると不可ないから、ちやんと手帖に書留めて置いた。

真中に大きく馬頭観世音と彫つてある道標は、その左右に、天下泰平、風雨順何とかと彫つてあるが、順の次の一字が磨滅してゐて判らない。順易かしらん？　道標だから、右深大寺道、左柳沢、所沢道とあつて、それを見たら、見たことも無い昔のこの辺の風景が浮んで、そこを歩いて行く旅人の姿が見えるやうな気がした。願主は多摩郡上保谷新田の平井何とか右衛門とあるが、これも何とかの一字が判らない。建立したのは文政元戊寅年十月吉日とある。

ずんぐりした道標は四辻にあるが、一角に古びた人家があるだけで、后は二つの学校と銀行の運動場がそれぞれ一角を占めてゐる。学校の長い塀の上から樹立が枝を伸したり、運動場の外れの巨きな樹立が翳を落したりしてゐて、人気は余り無い。その長い塀の角に、道標がひつそり立つてゐる。

この道標の正面には、何やら観音像らしいものが浮彫になつてゐる。道標だから、それが坐つてゐる馬頭観音の像だらうと見当が附くが、知らずに見たら饅頭が二つ三つ重つてゐると思ふかもしれない。その磨滅した像の下に願主の名前が彫つてあつて、武州多摩郡田無村の荒井安右衛門、松原三右衛門、それから講中三十八人とある。日附は安永七戊戌歳九月三十日である。道標に出てゐる名前が皆何とか右衛門だから何だか面白かつたが、田無村の荒井さんは、若しかすると安左衛門だつたかもしれない。

この道標は右面に、南深大寺道、左面に、西府中道、東江戸道と彫つてある。昔、この道標を見て、やれ一安心と観音様に手を合せてから一服した旅人がゐたかもしれない。石の文字を読んでゐたら、附近で道路工事をやつてゐた男の一人がやつて来て、

――これは余程古いもんですか？

と訊いた。前の文政の方は大体見当が附くが、此方の安永七年の方は生憎判らない。仕方が無いから、多分二百年ぐらゐ前のものぢやないかしら？　と好い加減なことを云つたら、先方は、

――へえ、二百年ですか……。

と感心したから些か具合が悪かつた。後で年表を見たら安永七年は一七七八年で、偶然だが二百年ばかり前だつたから、やれやれと思つた。因みに文政元年は一八一八年で、文政二年の項には、小林一茶の「おらが春」出来るとか書いてある。歴史年表を見てゐると、知らないこと、忘れてゐることが沢山並んでゐて、おやおやと思ふこともあるが、それを古い道標と結び附けても始らない。

先日、散歩に出たら、先方のずんぐりした道標の前に小柄な婆さんが一人立つてゐて、手を合せてゐる姿が見えた。以前路傍の婆さんからお詣する人がゐると聞いたが、実際に見るのはこのときが初めてだから、何だか珍しいものを見たやうな気がした。

道標の前迄行つたときは、婆さんはもうお詣は済せたのだらう、落葉の溜つた昔の「江戸道」を薬鑵片手にそろそろ歩いて行く後姿が見えた。一体、どう云ふ人なのかしらん？　台石の上を

見たら、多分、その婆さんが供へたのだらう、空缶に野菊と白粉花が沢山挿してあつた。

多分、その日だつたと思ふが、散歩から戻つたら家の者が、蟬が舞込みましたよ、と云ふから見ると、食堂のカアテンに油蟬が一匹止つてゐた。十月に蟬を見たことなんて一度も無いから吃驚する。十月になつて地上に這出すやうな蟬だから、どこか間が抜けてゐて、間違つて家のなかに這入つて来たのかもしれない。何となく草臥れたやうな様子で、手に取ると足を動かすが、カアテンに止らせると凝つとしてゐる。蟬は地中に何年かゐて、地上に出て来ると十日前后で死んでしまふと云ふから洵に果敢無い。

椅子に坐つてぼんやり蟬を見てゐたら、道標にお詣してゐた婆さんを想ひ出した。想ひ出したら何だか気持がちぐはぐになつたから、庭に出て蟬の抜殻を探したが見当らない。もつと葉が落ちたら、見附かるかもしれないと思ふ。

蟬は三日間生きてゐて、四日目に死んだ。

（一九七八年十月）

籤

或る晩、ウヰスキイでも飲んで寝ようと思つて、序にテレビを点けたら、死んだ筈の桂文楽が現れて、毎回のお運びでございまして有難く御礼、とか云つて噺を始めたから吃驚した。無論、昔録画した奴を再放送した訳だが、暫く振りに文楽の姿を見て懐しかつた。演つたのは文楽の十八番と云はれる「富久」で、御蔭でウヰスキイを飲みながら洵に愉しかつたが、その文楽も実はこの世にゐないのだと思ふと何とも妙に淋しかつた。

「富久」は幇間の久蔵が富籤に当る話だが、富籤はいまの宝籤と同じやうなものだらう。宝籤を買つたことは一度も無いが、買つてもどうせ当らないだらうと思ふ。別に買つてみようとも思はない。生来、籤運が悪いらしく、昔から籤引とか福引で良い奴に当つたことが無い。

いつだつたか、家の者と吉祥寺へ買物に行つたら、福引券が沢山あるから引いてみませんかと家の者が云ふ。歳末売出しか何かのときだつたと思ふ。普段福引なんてやらないが、そのときは面白半分にやつてみる気になつた。下手な鉄砲も数撃ちや当る、と云ふ文句もあるから、間違つて一等が当らないとも限らない。六角だか八角だかの容器に把手が附いてゐて、それを廻すのである。把手を持つて、がらがら、と廻したら穴からぽこんと赤い小さな球が跳出した。

——何等だい？

と訊いたら、係の若い男が、

——残念でした。外れです。

とにやにやした。何遍がらがらをやつたか忘れたが、何遍やつても外れの赤い球ばかりで、他の色の奴は出て来ない。がらがら廻る容器のなかには、赤い球しか入つてゐないのではないかと邪推したくなる。面白くないから家の者と交替したが、家の者も赤い球ばかり出してゐた。

福引と云へば、大分昔のことだが当時小学生だつた上の娘が、近所の商店街の福引で一等を引当てたことがある。一等が当つたら、福引所の男が大声で娘の名前を連呼して、鈴を喧しく鳴らしたので、娘はたいへん恥かしかつたさうである。その一等の景品が何だつたのか、さつぱり記憶に無い。忘れたぐらゐだから、どうせ碌なものではなかつたらう。

籤運が悪いと云つても、まぐれ当り、と云ふこともあつて、一度いい籤を引いたことがある。二、三年前のことだが、知人と赤坂の或るホテルの七階か八階にある酒場に行つた。たまたまその近くで酒を飲んだから、序にその酒場に寄つた迄で普段は行かない。ウヰスキイを注文したら、給仕がこんなことを云ふ。もし御二人で何杯も召上るなら、瓶をお求めになつた方がお得です。瓶は何だと訊くとスコッチの中瓶だから、二人で飲むには手頃と思はれる。それを貰ふことにしたら、どうぞ、と給仕が笊を差出したから面喰つた。

——何だい、それ？

——籤です。

成程、笊のなかには三角の紙が沢山入つてゐて、瓶を注文した客に引かせると云ふ。何でもいいや、好い加減に一枚取つて給仕に渡したら、給仕は紙を開いて見て、当りです、と吃驚したから此方も吃驚した。景品は注文した奴と同じスコッチの中瓶で、これは君にやらう、と知人に進呈したら、

——では、幸運にあやかるやうに……。

と知人も嬉しさうな顔をして受取つた。夜の街が綺麗に見えて、何となく好い気分だつたと思ふ。

何年前のことか忘れたが、或る晩、友人と新宿のビヤホオルに行つたことがある。ジョツキのビイルを飲んで、それからビイルにギネスを割つて飲むことにしてギネスを貰つたら、給仕の女

の子が、籤を引いて下さい、と籤の入つた箱を持つて来た。確かギネス週間とかギネス祭とかやつてゐたと思ふ。どうも友人の方が籤運が強さうだから、君、引いてみろよ、と友人に引かせたら、紙を開いて見た女の子が、

——一等賞……。

と頓狂な声で叫んだから驚いた。何でも籤引はその日始つたばかりで、それ迄賞は一つも出なかつたのに、いきなり一等賞が出たものらしい。他の給仕達も集つて来て、お目出度うございますなんて云つてゐた。尤も、一等賞はギネスが三本だつたから些か御粗末だが、当らないより当つた方が愉快なことは云ふ迄も無い。

——女の子が一等賞なんて叫んだから、僕はまた、ギネスが山のやうに運ばれて来るのかと思つた……。

友人は上機嫌で、そんなことを云つて笑つてゐた。

そのせゐかどうか知らないが、六、七年前によく行つた酒場があるが、これからそこへ行つてみないかと友人が云ひ出した。何でも美人のマダムがゐるのださうである。籤に当つたことと、美人のマダムとどう繫るのか判らないが、何かいいことがあると思つたのかもしれない。美人を見るのは悪くないから、此方も余計な詮索はしない。早速、承知した。

それからタクシイに乗つて、多分、阿佐ケ谷だつたと思ふが、その酒場に行つた。無論、友人

は一等賞の景品を大事に抱へてゐる。どんな酒場だつたか忘れたが、威勢好く這入つて行つた友人が少し拍子抜した顔で、おや、ゐないやうだと云ふ。友人が訊いてみると、その美人のマダムは何年か前に死んだと店の女が云つた。死んだのでは仕方が無い。二人でビイルを一本飲んで早早に出て来たが、人間、さういいことばかりあるとは限らない。

（一九七八年十二月）

帽子の話

皮の帽子を買つたので、それを被つて歩いた。最初は散歩用のつもりだつたから、近所を歩くときしか被らなかつたが、それが習慣になつたら、どこかへ出掛けても頭に帽子が載つてゐないと何となく物足りない。いつの間にか、外出するときは決つて被るやうになつた。何年前のことか忘れたが、都心の或る店で見掛けて何だか欲しくなつて買つたのである。スウエイド製の奴で、恰好はチロリアン・ハットに似てゐる。

いつだつたか、この帽子を失くしたことがある。酔つてゐたから、どこで失くしたのかさつぱり判らない。その前は傘を失くした。これもどこで失くしたか判らない。或る晩、暫く振りに荻窪の或る酒場へ行つたら、

——はい、お傘……。

と失くなつた筈の傘を出して呉れたから大いに面喰つた。傘を持つてその店に行つた記憶は全

然無いのだから、合点が行かない。合点は行かないが、たいへん嬉しかつた。帽子を失くしたときは、その傘の例を想ひ出したが、何でもさう上手い具合に行くとは限らない。仕方が無いから、新しい帽子を買ふことにして、近くの町の或る店に行つた。

皮の帽子はあるかと訊くと、店の親爺が、生憎皮の奴は無いがこれは如何だ、と帽子を一つ出して見せた。見たところ、スウエイドのやうだから訊いてみると、スウエイドではなくて何とかだと云ふ。何でも横文字みたいな妙な名前だつたと思ふが、生憎憶えてゐない。

——皮よりずつと軽いですよ……。

と親爺が云ふから、手に取ると成程軽い。値段も前の奴より大分安かつた。

その新しい帽子を頭に載せて、新宿の知合の店に行つたら、その店の女性が、

——お帽子が……。

と云ひ掛けて、不思議さうに此方の頭を見る。何だいと訊くと、失くなつた筈の古い帽子はちやんとその店に保管してあると云つたから、これには驚いた。その店に忘れたと判つてゐたら、無論、新しい帽子は買はなかつた筈だが、そんなことはちつとも知らなかつたのだから仕方が無い。それにしても、傘同様、思ひ掛けなくひよつこり出て来たのは悪くない。何だか好い気分だつたと思ふ。

その夜帰るとき、忘れると不可ないから、帽子を二つ重ねて被つてタクシイに乗つたら、運転

手が此方の顔を見て、

——旦那、他の人の帽子迄被つて来たんぢやないんですか？

と云ふ。変なことを云つちや不可ないよ、これはね、と事情を説明したと思ふが、考へてみると帽子を二つ重ねて被つてゐる方が余程変だつたかもしれない。

出て来た古い帽子は暫く休ませてやることにして、それからは専ら新しい帽子を被つてゐた。どのくらゐ被つたか忘れたが、先日、今度はこの帽子が行方不明になつてしまつた。或る晩、或る友人に誘はれて、新宿にある友人の馴染の酒場へ行つた。確か我家の庭の夏蜜柑の木に初めて白い花が咲いた頃だつたから、或はその店で友人にその話をしたかもしれない。その辺迄はいいが、その先になると何だかよく判らない。

翌日、家の者が昨夜は帽子を被らずに帰つたと云つたので、帽子を失くしたことに気が附いたが、このときは暢気に構へてゐた。前夜は友人の馴染の店にしか行かなかつた筈だから、帽子はその店に忘れて来たに相違無い。夜になつたら、電話を掛けて訊いてみよう。

夜になつてその店に電話したら、愛想の好いマダムが出て、まあ、昨夜はどうも、とか云ふ。帽子を忘れやしなかつたかしら？　と訊くと、

——いいえ、ちやんと被つて車にお乗りになりました……。

と云ふ返事で、これでまた判らなくなつてしまつた。かうなると、マダムの店にしか行かなか

つたと云ふのも、当てにはならない。仕方が無い、また古い帽子を出して被ることにしようと思ふ。次の朝遅く起きて、ぼんやり庭を見てゐたら、家の者がどこかから戻つて来て、行進曲なんか口ずさみながらやつて来るから苦苦しい。一言たしなめようとして、見るとその頭の上に失くした帽子が載つてゐたから眼を疑つた。

——どうしたんだ、その帽子……？

話を聴いてみると、帽子は隣の空地に立つてゐる棒杭の天辺に昨日から載つてゐたと云ふのである。前の家の御主人がそれを見て、あれは小沼さんがいつも被つてゐる帽子みたいだが、と奥さんに話して、奥さんが家の者に伝へて呉れた結果、行進曲と共に戻つて来たと云ふことになる。帽子が戻つたのは無論嬉しいが、一体、何故棒杭に載つてゐたのかしらん？　深夜車を降りて、棒杭を帽子掛けに見立てたのか、そこに載せて翌日取りに来る遊びを思ひ附いたのか、考へてもさつぱり判らない。何れにせよ、帽子は丸一日棒杭の上に曝しものになつてゐた訳で、その光景を思ふと眼を瞑りたい。

（一九七九年六月）

コツプ敷

座敷の片隅に小振りの箪笥が置いてあつて、これを玩具箱と呼んでゐる。子供の玩具に相当する変梃りんな代物が入れてあるからだが、その中味を全部披露する訳には行かない。この箪笥の下の方には抽斗が二つあつて、そのなかにはコツプ敷がぎつしり詰つてゐる。上の抽斗には専ら外国のコツプ敷、下には日本の奴が入つてゐる。コオスタアと呼ぶのが普通らしいが、昔からコツプ敷と云つてゐるので茲でもさう呼ぶことにする。

例へばウヰスキイに氷を入れて飲むときは、グラスが冷えて表面に水滴が附く。その水滴が溜つて、グラスを取り上げたとき、ぽとり、と膝に落ちるのは面白くない。コツプ敷があると、水滴はコツプ敷に吸はれて膝を濡らすことが無い。だから厚い紙質でよく水を吸ふのがいいコツプ敷で、それに面白い図柄でも印刷してあれば申分無い。

客があつてウヰスキイを飲むときは、玩具箱からこのコツプ敷を取り出す。抽斗を開けると、

客は覗いて見て、

——おや、随分ありますね……。

と吃驚する。昔はちよつと得意だつたが、いまは熱も冷めたから、それよりも早く飲みたいから直ぐ抽斗を閉めてしまふ。何枚あるかと訊く客もあるが、数へたことは無いから知らない。好い加減に千枚ぐらゐと答へてゐるが、当にはならない。昔、或る週刊誌が、趣味の頁とか云ふ所でこのコップ敷を記事にしたことがある。それには、四百枚のコップ敷、と見出しが附いてゐた。取材に来た記者が何枚あるかと訊くから、ご覧の通りと出して見せたら、先方も勘定するのは面倒臭かつたのだらう、勝手に四百枚と決めてさう書いた。現在千枚と云ふのはその四百枚が基準になつてゐて、それから十数年経つて大分増えた筈だから千枚はあるだらうと云ふのである。洵に薄弱な根拠と思ふが、仕方が無い。

週刊誌に記事が載つて間も無く、このコップ敷の一部は或る洋酒会社に借りられて、某百貨店で開かれた「洋酒展」の会場に陳列された。コップ敷が晴の場所に顔を並べた訳だが、観に行かなかつたから何も知らない。后で礼だと云つて、その会社のウヰスキイを何本か呉れたが、そのときは何だか棚から牡丹餅みたいな気がした。念のため、洋酒展はよくやるのかと訊いてみたら、先方は、

——いいえ、これが初めてです。

と笑つてゐた。

一体、いつ頃からコップ敷を蒐め始めたのかよく憶えてゐない。昔はいまと違つて行動半径も広かつたから、あちこちの酒場へ行く機会も多かつた。行つた酒場のコップ敷を貰つて来る裡に、何となく溜つて、溜るにつれて蒐集慾も出たのだと思ふ。蒐めてゐると判ると、友人や知人が取つて置いて呉れる。友人や知人に貰はなかつたら、とてもこんなに沢山は蒐まらなかつたらう。外国の奴は、無論自分で蒐めた奴もあるが、大抵は人から貰つたものである。昔、巴里から帰つた村上(菊一郎)さんにも貰つたが、村上さんはその一枚を示して、これは巴里郊外の或る店のコップ敷だが、

——若い美人がにつこり笑つて呉れました。

と註釈を加へた。歓んで貰つたが、数百枚のなかに紛れ込んだから、それを出してみろと云はれても困る。

伊馬(春部)さんには日本各地のコップ敷を貰つた。北は北海道から南は九州に及ぶ。伊馬さんの差金だと思ふが、なかには酒場の女が何か書入れた奴も何枚かある。

——初めまして、どうぞ宜しく、何とか子。

なんてあるから、些か面喰ふ。こんな場合は相手は美人だらうと想像した方がいい。今度是非いらしてね、お待ちしてゐます。何とか江、なんて書いてあつても、つられてふらふら出掛ける

には北海道は余りにも遠い。

どこの酒場でもコツプ敷は只で呉れるが、以前倫敦に行つたときは、昔の紋章とか城門の銅版画が刷込んであるコツプ敷を幾組か買つた。これは台はコルクだが、表面は加工してあつてつるつるしてゐるから、氷の入つたグラスを載せるには向かない。一度、酒を飲むとき、面白半分に備前のぐひ呑をこの一枚の上に置いたら、満更悪くなかつた。

古いコツプ敷を引張り出して夢の跡を辿る趣味は一向に無いが、いつだつたか必要があつて下の抽斗を掻廻してゐたら、昔よく通つた酒場の御粗末なコツプ敷が出て来て何だか懐しかつた。マダムは自殺して、その店は疾うに無い。もう二十数年前のことになるかもしれない。そのコツプ敷を見たら、マダムの好きだつた「遠い遠い昔」と云ふ唄が不意に甦つて、その旋律が暫く耳を離れなかつたのを想ひ出す。

（一九七九年六月）

鰻屋

新宿の鰻屋で庄野潤三と会ふことにして、途中寄る所があるから早目に家を出た。その鰻屋は昔から知つてゐて、何度も庄野と行つたことがある。以前、倫敦にゐたとき、庄野から便りがあつて、この店へ行つたことが書いてあつた。蒲焼を食つたら頗る美味で、白焼は芸術品の如くであつた。多分、そんな文面だつたと思ふ。その手紙は保存してあるから出して見れば正確な所が判るのだが、探し出すのがたいへんだから、御免蒙つてこの儘にして置く。

——ふうん……。

馴染の店だから、無論、店の様子は知つてゐる。庄野の坐る場所も大体見当が附く。庄野はきつとあの辺に坐つて、芸術品を前に盃を傾けてゐるのだらう。手紙を読んだらその情景が眼に浮んで、溜息が出るやうな気がした。而らば此方も鰻屋へ、と云ふ具合に行くといいが、倫敦ではさうは行かないから気持がちぐはぐになる。鰻を食ひに帰国しようかしらん？　そんな気分になつたかもしれない。

これは別の話だが、英吉利の田舎へ旅行して、或る駅で乗換へたときのことである。秋の初で小雨が降つてゐて、プラットフオオムに降りると寒い。

——ひとつ、蕎麦でも食つてやらう。

どう云ふ料簡だつたか忘れたが、さう思つて、思つた途端に茲は英吉利だと気が附いた。軽食堂はあるが、無論、蕎麦なんかある訳が無い。何だか味気無い気分になつて、これは早い所帰国した方がいいかもしれない、そのとき、本気でさう考へたのを憶えてゐる。

鰻屋の近くに大きな病院があつて、途中寄る所があると云ふのは、その病院に入院してゐる或る女性を見舞ふのである。荻窪から車で病院へ行つたら、病人は尠し痩せたが案外元気さうに見える。持つて行つた煎餅をぽりぽり嚙んで、

——あら、おいしい。

と云つたが、別に旨さうな顔ではない。病人は七階の個室にゐて、下を見ると広い駐車場があつて、色とりどりの車が玩具みたいに沢山並んでゐた。その向うに矢鱈に高い建物が並んで見える。病人が元気さうだと判れば、格別の話がある訳でも無い。

——お大事に。

と云つて早早と出て来た。

病院を出て時間を見ると、待合せた時刻にはまだ三十分ばかり間がある。尠し早過ぎるが、遅刻するよりはいいだらう。ぶらぶら歩いて行つて、その店で酒でも飲みながら待つことにしよう。さう思つて歩き出したら、五分と経たない裡に鰻屋の横町の所へ出たから面喰つた。そんなに近いとは知らなかつた。尠くとも、十分近くは掛ると思つてゐたのである。

鰻屋の前には柳が一本植ゑてあるが、通から覗くと垂れた枝が、風の加減か、いやいや、をしてゐるやうに見える。何となく不吉な予感がしたのは、どう云ふ訳か知らない。横町に這入つて鰻屋の前迄行つたら戸口に、本日臨時休業、と書いた紙が貼つてあつたからがつかりした。不吉な予感が適中して、柳の木を蹴飛ばしたい。

以前、井伏さんを案内して、その店に行つたことがある。陽気な気分で、茲です、と店の前で車を降りたら、本日定休日、とあつて面目玉を潰した。定休日を忘れてゐたのは迂闊な話で、甚だ具合が悪かつた。そのときは低頭して井伏さんと別の酒場へ行つたが、この日は約束があるからさうは行かない。仕方が無いから、柳の下に立つて庄野を待つことにした。確かに柳が芽を吹いたばかりの頃で、寒い風が吹く。

横町は人も余り通らない。その裡に表通の方から、派手な恰好をした若い女が歩いて来て、とことこと前の家に這入つて行つた。おやおや、と思つて改めて前の家を見ると、モルタル塗の古ぼけた二階家でどうやらアパアトらしい。横町に面した窓には合成樹脂か何かの板の目隠しが取附けてある。横町には何度も来たが、鰻屋しか念頭に無いから周囲のことは何も知らなかつた。初めて横町の生活の断片を見たと思ふ。何だか珍しいものを見た気がしてゐたら、先刻の若い女がアパアトから出て来て、気になつたのか、ちらりと此方を窺ふやうにして表通の方へ歩いて行つた。

——ちよいと姐さん、どこへ？

と云ふ唄があつた。手桶を提げて水汲みに、とか続くのだが、その若い女はどこへ行くのだらう？　一体、どう云ふ女性なのかしらん？　寒い風に吹かれて余計なことを考へながら、時計を見ると間も無く約束の時間である。そろそろ庄野が現れるかもしれない。

（一九七九年八月）

秋風

風には春風、秋風、木枯らし、微風、疾風、その他いろいろあるが、例へば正月の風と云ふものもあつて、これは別に正月に吹くとは限らない。或るとき、さう云ふ話をしたら、相手が、

——正月に吹かない正月の風とは、一体どう云ふ風ですか?

と訊いた。

——正月の感じのする風です。

——どうもよく判らない。

と首をひねるから、こんな話をした。二、三年前の十一月下旬の好く晴れた日だつたと思ふ。三鷹から中央線の電車に乗つてゐて、中野の駅に着いて扉が開いたら、途端に風が流れて来た。その風を肌に感じたら、これは正月の風だな、と思つて何となく目出度いやうな気がした。さう云つたら、相手は変な顔をして、何だか余計判らなくなつたと云つた。余計な話をしたかもしれ

ない。

その埋め合せと云ふ訳でもないが、こんな話をした。今度の夏は涼しかつたが、去年だか一昨年だかの夏の暑いときのこと、二日酔ひで調子が宜しくないので朝風呂に入つた。ぼんやり湯に浸つてゐると、風が吹いて、風呂場の外に生えてゐる茗荷の葉が鳴つた。その葉の風に戦ぐ音を聞いたら、どう云ふものか、

――秋だな。

と思つた。風呂を出て暦を見たら、立秋、とあつたから面白かつた。その話をしたら、相手は莫迦に感心して、それはよく判りますと云ふから恐縮した。土用半ばに秋風が吹くと云ふが、事実、夏の暑い盛りに吹く風に、不意に秋を感じて驚くことがある。昔の人も風の音に驚くと歌つてゐるが、こんな感じは何となく悪くない。

先日、珍しく天気の好い日、散歩に出たら気持の好い秋風が吹いてゐた。秋風と云ふ奴は追憶をそそる所があるが、その秋風に吹かれたら、すつかり忘れてゐた或る光景を想ひ出した。あれは何年前だつたかしらん？

昔の或る日、散歩に出たら、二台の自転車に追ひ抜かれた。前の車には宗匠頭巾みたいな奴を被つた五十年輩の男が、灰色の角袖か何か着て白足袋を穿いて乗つてゐる。何だらう？　と思つたら、背後の自転車に、黒紋附きの羽織に黄色の袴、白足袋と云ふ恰好のくりくり坊主の小僧が

乗つてゐて、

——ははあ……。

と納得が行つた。小僧の荷台に載つてゐた紺色の大きな風呂敷包みには、坊さんの衣裳が入つてゐるのだらう。二台の自転車は秋風の吹く大根畑の間をのんびり走つて行つたが、いまなら、自動車で出掛けるかもしれない。その大根畑は疾うに無い。路も舗装されて広くなつてしまつた。そんな昔の光景を想ひ出して歩いて行くと、あちこちに山茶花が咲いてゐるから驚く。国立の友人が遊びに来て、

——国立ぢやもう山茶花が咲いてるよ、今年は早いなあ……。

と矢張り驚いてゐた。夏が涼しかつたせゐかもしれない、と思ふがよく判らない。

散歩路の途中に小さな坂があつて、そこを降つて行くと小さな町工場がある。このところ暫く硝子戸を閉めて、仕事は休んでゐる様子だつたから、潰れたのかと思つてゐたら、気持の好い秋風が吹いたせゐでもあるまいが、その日はちやんと戸を開けて三、四人の男が働いてゐるのが見えた。何を造つてゐるのか知らないが、活発な話声も聞える。潰れたなんて思つて、失礼したと思ふ。

秋風に吹かれていい気分で帰つて来て、ぼんやり庭を見てゐたら、大きな音を立てて栗の実が落ちた。今度は栗を拾はうと思ふ。

（一九八〇年九月）

虫の声

この頃はあまり雷が鳴らない、一体、どうしたんだらう？　と云つたらこれを聞いた若い友人が、

——いまどき、虎の皮の褌ぢや恰好が悪くて出て来られないんでせう。

と変なことを云つた。

そんな話をした二日だか三日后に、雷公が猛烈に暴れて大雨を降らせたから驚いた。稲妻が光つて、雷がごろごろ云つて、夕立が降る。これは夏らしくて悪くないと思ふが、暴れ過ぎるのは感心しない。現にその日も、様子は如何にと窓から空を見てゐたら、突然、眼の前を光が走つて、途端に嚙みつくやうに雷が鳴つたから吃驚仰天した。近くに落ちたのかもしれないが、暴れるのはほどほどにして貰ひたい。

久し振りに稲妻を見たせゐかどうか、それから何日か経つてぼんやりしてゐるとき、ひよつこ

り、ストリンドベリイの「稲妻」と云ふ戯曲を想ひ出した。これは昔、学生の頃読んで大いに気に入つた記憶があるが、内容はほとんど憶えてゐない。気に入つたと云ひながら内容を忘れてゐるのは、何とも作者に申し訳無いが、ただ一つ、雨上がりの夕暮の通に、点燈夫が廻つて来て街燈に灯を点ける、と云ふ場面は憶えてゐる。

どう云ふものか、ここの所は妙に印象に残つてゐて、確か戦後間も無い頃だと思ふが、オウルド・ラムプ・ライタアとか云ふ唄を聞いたとき、思ひ掛けず「稲妻」のこの場面が甦つた記憶がある。或は、点燈夫が気に入つてゐたのかもしれない。

「稲妻」を想ひ出したら、暫く振りに覗いて見たくなつた。「稲妻」の収めてある本はどこかにある筈だが、どこに片附けたのか判らない。一番ありさうな場所はどこかしらん？ 別に狼狽てるには及ばないから、庭を見ながら考へてゐると、どこからか麦藁とんぼがついと飛んできて、頻りに庭の池に尻をつけるから、おやおや、と思ふ。

昔は麦藁とんぼもちよいちよい訪ねて来て、池に尻をつけて卵を産んだものだが、近頃はとんと見掛けない。珍しいから、

——おい、見てごらん。

家の者を呼んで見せてやつたら、

——何だ、とんぼですか……。

と一向に感心しなかつた。

麦藁とんぼがゐなくなつたから、肝腎の本を探すことにして、一番ありさうな場所を探したが見当たらない。二番目にありさうな場所を探したが、そこにも無い。その裡に、何番目と云うのはどうでもよくなつて、出鱈目にあちこち引繰り返して、やつと目的の本を見附け出したときは、大汗をかいて、

——ああ草臥れた……。

と独り言を云つた。とても本なんか読む気にならない。

探し出した本はその儘机の傍に積んで忘れてゐたが、或る晩、庭の蟋蟀の声を聞いたら、どう云ふものか、ほつたらかしにしてある本を想ひ出した。或は、その晩初めて蟋蟀の声を聞いたのかもしれない。点燈夫の出て来るのは確か仕舞ひの方だつた気がするから、「稲妻」の幕切れの方を見たら、

——結構な雨でした。

——まつたく、せいせいしました。

と云ふ会話があつた。稲妻を伴つた夕立が通り過ぎた后で、濡れた往来には気持の好い風が吹き始めてゐるかもしれない。続いて主人なる人物の、

——あ、やつとのことで点燈夫がやつて来た。

と云ふ台詞があつて、その后に小さな活字で、点燈夫が来る、街燈に灯を点す、と説明があつたから、やれやれ、と安心して何だか昔馴染みに出会はしたやうな気がした。主人なる人物の台詞は、

——初めての灯だ。秋らしい気がする。これが我々老人の季節だ……。

とまだ続くのだが、昔、学生の頃、どんな気持でこんな台詞を読んでゐたのか、考へてみてもさつぱり判らない。

蟋蟀のころころと言ふ声を聞いてゐると、忘れてゐたことをいろいろ想ひ出す。漱石の「三四郎」の最初の方に、暮れ方、駅員が三四郎の乗つてゐる汽車の屋根をどしどし踏んで、上から灯の点いた洋燈を挿し込んで行く、と云ふ個所がある。昔、「稲妻」の点燈夫を見たとき、この汽車の駅員を想ひ浮べて、何となく面白かつた記憶がある。虫の声を聞きながら「稲妻」を覗いてゐたら、忘れてゐたそんなことも想ひ出した。どう云ふ訳かしらん？

（一九八一年九月）

焚火の中の顔

狭い庭だが雑木が沢山植ゑてあるから、夏の間は樹陰が多くていいが、秋になると庭中落葉だらけになつてしまふ。落葉も、黄ばんだ葉が一、二枚、ひらひら舞つて来るのは悪くない。これがシラノ・ド・ベルジュラツクの舞台だと、木の葉の色はヴエネチヤ風のブロンドでございますね、と云ふロクサアヌの台詞になる。その落葉を見ながら、

——美しく散つて行くなあ。樹の枝から土までの短い旅だが、末期の美しさを忘れないのが実に佳い……。

とシラノが云ふ。

昔、辰野隆・鈴木信太郎訳で読んで、大いに面白がつた記憶があるが、わが家の落葉となると、美しく散つて行くなあ、なんて云つてゐられない。散つた落葉がじつとしてゐてくれればいいが、風が吹くと所構はず飛んで行つて傍迷惑になるから、たまつた落葉は掃き寄せて燃すのである。

落葉焼はわが家の年中行事の一つだが、毎年落葉を焚くと、決つて、昔憶えた「林間ニ酒ヲ煖メテ紅葉ヲ焼ク」と云ふ詩の一行を想ひ出す。多分、中学校の漢文の教科書にあつたのだらうと思ふが、これを想ひ出すと、改めて、間も無く今年も終りだなと思ふ。

落葉を焚いてゐると、そのなかから忘れてゐたいろんな顔が甦つて来る。一度は、昔うちで飼つてゐたタロオと云ふ犬が顔を出したから嬉しかつた。名前を呼んで頭を撫でてやりたかつたが、さうも行かない。大分以前のことになるが、焚火のなかに知らない顔が浮んだ。

——誰かしらん?

と思つたら、その顔が、

——九郎判官義経……。

と名乗つたから吃驚した。もつともこんなのは例外中の例外で、滅多に無い。あれはいつだつたか義経の人気が莫迦に高かつたことがあるが、そのころのことだつたかもしれない。義経の顔を憶えてゐるとよかつたが、生憎忘れてしまつた。何しろ落葉はたちまち燃え尽きて灰になると、顔もまたたちまち消えてしまつたから仕方がない。

ちろちろ焔を上げて崩れて行く落葉の上に、新しく落葉を積上げる。暫くすると、もくもくと白く濃い煙がふくれ上がる。先日、その白い煙を見てゐたら、そのなかから古い友人の顔が浮ん

で来た。懐かしかつたから、

——暫くだな、元気か？

と声を掛けたが、相手は疾うに死んだ人間だから、こんな挨拶は見当違ひだつたかもしれない。先方は何だか笑つてゐるやうな顔だつたと思ふが、その顔を見たらその友人の死ぬ何ケ月か前に酒場で一緒に酒を飲んだことを想ひ出した。十年ぐらゐ前だつたかしらん？　そのとき友人は頻りに、

——あいつは莫迦だよ。

とそのころ死んだ同僚の悪口を云つた。何故莫迦なのかときくと、働き過ぎて死んだから莫迦だ、人間はすべからくのんびり暮さなくちやいけない、と赤い顔をして好い機嫌だつたと思ふ。その当人が、それから半年と経たないうちに呆気無く死んだのだから、先のことは判らない。而も后で話を聞くと、この友人の死も働き過ぎが原因だつたらしいと云ふから、話がややこしくなつていけない。

何だか、お前も莫迦だつたな、と云つてやりたい。さう思つて煙のなかの顔を見たら、その顔が、

——落葉と小便……。

と云つたから吃驚した。お蔭で莫迦云云はどこかに消し飛んで、悉皆忘れてゐた遠い昔の落葉

の記憶が甦つた。

まだ学生のころの話だが、或る秋の夜、知合の家に遊びに行つた帰途、郊外の暗い道を歩いてゐたことがある。道は昔の街道だから、欅の大木が並木のやうに続いてゐる所があつて、その辺の道には夥しい落葉が散り敷いてゐた。その辺に来たら、暗い道の傍に男が一人立つて用を足してゐた。用を足してゐると判つたのは、威勢のいい水音がはつきり聞えたからである。ところが暫く歩いて、男の姿は見えなくなつたのに水音はまだ聞える。

——はてな……？

不思議に思つて、立停つて辺りを見廻したら、水音は止んで誰もゐなかつた。歩き出したら、また威勢のいい水音が聞えるから、何とも納得が行かない。二、三度、そんなことを繰り返したら、

——ああ、さうか……。

やつと合点が行つた。その日は着物を着てゐたが、学校へ出た帰途だから袴をはいてゐた。歩くとき、その袴が風を起して、その風に道の落葉が走つて、水音と錯覚させるやうな音を発したのである。当時、これは一大発見のやうに思はれたから、友人連中に吹聴した記憶がある。

——どうだい、いかにも秋の夜らしい風流な話だらう？

大抵の友人は大発見に格別異存の無い顔をしてゐたが、一人だけ例外があつて、

——止せやい、立小便の音ぢや、幻滅だよ。

と云つて、大発見を一向に認めようとしない男がゐた。それが、煙のなかに出て来た友人だが、その友人が煙のなかで、落葉と立小便、と云つたのは、遅ばせながら大発見を認めようとしたのではないかしらん？

それにしても、あんな昔のことをよく憶えてゐたものだと感心して相手を見たら、焚火のなかの顔はいつの間に消えたのか、消えて跡形も無い。

（一九八六年十一月）

蕗の薹

どこの家にも、その家なりの年中行事のごときものがあるやうに思ふ。別に大袈裟に考へる必要は無い。十五夜には薄を活けるとか、重陽の節句には菊を飾るとか、冬至には柚子湯に入るとか、いろいろあるのではないかしらん？　わが家にもささやかな年中行事が幾つかあつて、それを片附けないと何となく気持が落ち着かない。

先日、書棚に本を探してゐたら、大豆が二つ三つ見つかつた。節分の晩に家の者が撒いた奴である。豆撒きに関しては此方は余り乗り気ではないが、家の者は頗る熱心で家中豆を撒き散らす。そんなとき、山川さんのことを想ひ出すこともある。

大分昔のことになるが、或る寒い日の夕方、山川さんがひよつこり訪ねて来たことがある。何だか矢鱈に着脹れてゐて、その着脹れが、

——東の空に白い月が見えるよ……。

とか云つたから可笑しかつた。山川さんは将棋が好きで、将棋を指しに来ることはあるが、それは昼間で、夕方現れたことは一度もない。どう云ふ風の吹き回しかしらんと思つてゐたら、客間に這入つた山川さんは椅子に坐らうともしない。

——ちよつと、失礼いたします。

と改まつたことを云ふと、ポケツトから紙袋を引張り出して、

——福は内、鬼は外……。

と大声でやり出したから、これには面喰つた。紙袋には豆が入つてゐて、山川さんはその豆を客間とその隣の書斎に撒いて、

——どうもお騒がせしました。

と云ふと、着脹れた恰好で帰つて行つた。いつも将棋を指すと、その后で山川さんと酒を飲む。そのときも当然ゆつくりして行くものと思つてゐたら、年男は忙しいんでね、なんて云つてとこと帰つて行つたから、却つて吃驚した記憶がある。年男は忙しいと云つても、案外、本人一人で忙しがつてゐたのかもしれない。尤も、この山川さんの「福は内」はわが家では女達に好評で、爾来、わが家の豆撒きが始まつたのではないかと思ふ。

立春を過ぎると、気のせゐか、空気が円味を帯びて、とげとげした所も幾らか柔くなるやうな気がする。或は、立春と云ふ言葉に欺されてゐるのかもしれない。そのころになると庭の枝垂梅

が先づちらほら咲き出して、蕗の薹も顔を出す。福寿草の蕾も出て来ると、片栗はまだかいな、と毎日狭い庭とにらめつこすることになる。

蕗の薹と云ふと、矢張り山川さんで想ひ出すことがある。これも昔のことだが、将棋を指しに来た山川さんが、庭に来た鷲に気を取られて、その行方を眼で追つてゐたらしく、霜に荒れた土から顔を出してゐた蕗の薹を見附けた。

——おや、蕗の薹があるね、あれ、下さいよ。

山川さんは女房に見せてやるのだと云つて、蕗の薹を大事さうに持つて帰つた。山川さんの奥さんは病気で、長いこと臥せてゐると聞いたことがある。これは余談だが、そのころは蕗の薹もよく顔を出したから愉しかつたが、近ごろは怠けて顔を見せないこともあるから甚だ迷惑する。

それから何年経つたか忘れたが、確か山川さんの奥さんが死んだ翌年だつたと思ふ。久し振りに山川さんが訪ねて来て、

——今日も蕗の薹を貰つて帰るよ……。

と云つた。別に説明は無かつたが、前に持つて帰つた蕗の薹を奥さんが莫迦によろこんださうだから、今度は遺影の前に供へる心算かもしれない、何だかそんな気がしたのを覚えてゐる。山川さんはその后間も無く死んだ。庭の蕗の薹を見ると山川さんを想ひ出すことがあるが、想ひ出すと、何となくほろ苦い味が甦へる。

（一九八八年二月）

窓

勤務先の七階の部屋に這入つて、窓のブラインドを揚げると、正面右手にある病院の高い建物が眼に入る。二十何階とか聞いたが、正確な所は知らない。病院にはこの他にも幾つか建物が附いてゐて、視界を遮つてゐる。最近、直ぐ眼の前にも学校の四階建の建物が出来たので、それに妨げられて、その先の町も見えなくなつてしまつた。遠く近く、高い建物が見えるばかりで何の風情も無いから直ぐ椅子に坐るが、昔は些か話が違ふ。

昔、この建物が出来て移つて来た頃は、窓から見える大きな建物と云ふと、正面右手の三、四百米先にある病院の三、四階建の煤けた古い建物しか無かつた。そこだけ視界が遮られるが、他に高い建物は無かつたから、凹凸の多い屋根を連ねた背の低い町が遠くの方迄見渡せて悪くなかつた。烟突も何本か立つてゐて、烟を吐いてゐたと思ふ。

病院の右手には車寄の広場らしいものがあつて、看護婦の姿を見ることもあつた。遠いから顔なんか判らないが、白い服装だから看護婦と判る。或る日、窓から病院の方を見たら、広場に二人の看護婦が立つてゐた。立話でもしてゐたのだらう。そこへ病院のなかからもう一人看護婦が飛出して来て、この二人に駆寄つたと思つたら、三人揃つて走つて建物のなかに消えた。この直ぐ后で、知人の奥さんの訃を聞いたせゐか、遠くに見えたこの三人の看護婦は、妙に記憶に引懸つて消えない。

病院の一番左手の方には三階建の病棟らしい古ぼけた建物があつて、汚れた窓を並べてゐた。窓にはカアテンも無かつたから、そこは廊下だつたのかもしれない。建物の左手には非常階段が附いてゐて、この踊場にときどき誰か出てゐた。多分、患者の附添人ではなかつたかと思ふ。一度、ピンクのセエタアを着た若い女が、長いこと踊場に立つてゐたことがある。何故若い女と判つたかと云ふと、秋の半ばだつたから、着てゐるピンクはセエタアだらうと判断し、ピンクなら若い女だらうと判断した訳だが、案外、婆さんだつたかもしれない。

病院のある所は高台で、東京で一番高い場所ださうだが、事実、窓外の風景は右から左へ緩やかな傾斜を作つて降つてゐて、左手の町は浅い谷間のなかにあつた。あちこちに樹立があつて、意外に緑が多いのに感心してゐると、ひよつこり、自転車に乗つた男が現れて、あんな所に路があつたのか、と改めて気が附いたりしたこともある。その路に、大きな荷物を背負つた物売らしい女が姿を見せて、

——どつこいしよ。

と荷を降して、汗を拭くのを見たこともあつた。どつこいしよ、と云ふ女の声が聞えたやうな気がする。その町もいまは見えないから、何となく物足りない。

あれはいつだつたか、昔の或る雨上りの午后だつたと思ふ、窓から外を見てゐたら、不意に時計台の鐘が鳴つた。空気が湿つてゐたせゐかもしれない、鐘の音はいつになく大きく聞えた。遠く続く背の低い町には淡い夕靄がかかつてゐて、これもいつになくしつとり落着いた姿に見える。そのせゐかしらん？

——鐘のおとに　胸ふたぎ

云云の昔懐しい詩の文句を想ひ出したりしたが、どう云ふものか、窓の記憶はそこで切れてしまつて后が続かない。

（一九八八年五月）

辛　夷

王維に「辛夷塢」と云ふ詩がある。これは好きな詩だが、この詩を見ると想ひ出す辛夷の木が二本ある。「辛夷塢」は輞川集のなかの一篇だが、短いものだから引用したい。

木末芙蓉花　山中発紅萼
澗戸寂無人　紛紛開且落

昔、逗子の山のなかに伯母が住んでゐて、学校の休みのときにときどき遊びに行つた。伯父は山のなかでのんびり暮したいと思つたらしく、隠居所を造つて引込んだが、生憎直ぐ死んでしまつたから、伯母は女中と二人淋しく暮してゐた。この伯母のことは以前書いたことがある。念のため覗いて見たら、こんなことが書いてあつた。「高い赤土の崖の下のひんやりした小径を少し登つて行くと、左手に木肌葺の門があつた。その門のなかの玄関先に銅鑼を吊して、伯母は女中と二人ひつそり住んでゐた」。

この伯母の家の庭の先が低い山になつてゐて、そこに一本辛夷の木があつた。辛夷の木は大きい奴がいいが、この山の辛夷も大きかつた。伯母は毎年、縁に坐つて花見をしてゐたらしい。一度、一緒にお花見をしろと云はれて縁側に坐らされたことがあるが、小学生の頃だから面白くも何ともない。甚だ退屈した。「辛夷塢」を初めて見たのは大学生の頃で、途端に逗子の山のなかの辛夷が甦つた。その頃伯母の家の裏山の辛夷を見たら、或は神妙に縁に坐つたかもしれないと思ふが、多分、その頃は伯母はもう死んでゐたのではないかしらん？

もう一本の辛夷の木は、山のなかではない、平地の畑のなかにあつたが、これも大きかつた。以前住んでゐた家の近くに気に入つた場所があつて、気が向くと出掛けて行つた。土堤の路と呼ばれる小高い草の路を行くと、両側に広い麦畑が拡がる。麦畑が幾つあつたか知らないが、路の右手の畑にはそれぞれ個性があつたものか、勝手な方角に向つて傾斜してゐる。土堤の路に立つて眺めると、風景がバランスを失つて崩れさうに見える。そんな感じがあつた。その麦畑のなかに辛夷があつた。

或る春の一日、土堤の路を歩いて行くと、普段と違つて風景が妙に平衡を保つた安定した姿に見える。意外な気がしたが、理由は直ぐ判つた。辛夷が白い花を沢山着けて、風景に重心を与へてゐたのである。この辛夷も気に入つてゐたが、その后人に聞くと麦畑もいまは町に変つたさうである。無論、辛夷の木もあるまい。

昔、「辛夷塢」を読んだとき、こぶしの花は白なのに王維の詩の花は紅い、これが不思議だつたが、后で辞書を見ると辛夷は漢名では木蓮を指すとあつて納得が行つた。だから、「辛夷塢」のなかでは紅い花が咲いては散るが、此方の記憶のなかではそれでは困る。麦畑の辛夷と同じく伯母の家の辛夷も疾うになくなつてゐる筈だが、記憶のなかでは一向に消滅しない。大きな辛夷の木が相不変、白い花を散らしてゐる。

（一九八八年八月）

赤蜻蛉

秋になつて、澄んだ空に赤蜻蛉を見るのは悪くないが、近頃は滅多に見掛けなくなつたから淋しい。わが家の近在でも、この数年、とんと見掛けない。赤蜻蛉ばかりではない。麦藁蜻蛉も塩辛蜻蛉も見なくなつたから、甚だ物足りない。

昔、学生の頃信州旅行をして、小海線の沿線にあつた叔父の家に寄つたことがある。小海線は二輛連結のちつぽけな汽車が白い烟を吐いて走つてゐた頃だが、叔父の家の裏手の山に上ると、この汽車が玩具のやうに見えて可愛らしかつた。この山に赤蜻蛉が沢山ゐた。山の上に立つて景色を眺めてゐると、赤蜻蛉は遠慮無く身体のあちこちに止る。手を伸ばしても逃げないから簡単に摑まるが、放すと直ぐまた肩に止つたりする。

当時の文章があるから引張り出して見ると、「赤蜻蛉の眼には、私が聖フランシスの如く見えたのではあるまいか」なんて書いてある。続けて、さう考へると滑稽が過ぎて却つて哀しかつた、と書いてあつた。こんなに沢山の赤蜻蛉を相手にしたのは、これが最初で最后だから忘れられない。序に云ふと、この信州の叔父は肥つて角力の年寄然としてゐたが、晩年頭が怪訝しくなつて死んだ。

赤蜻蛉と云ふと秋の風物だが、例外もあつて、矢張り学生の頃だが、初夏の頃、高崎の城趾の公園で赤蜻蛉を見たことがある。委細は省略するが、友人と二人、公園の河岸のベンチに坐つて白く光る河面を見てゐたら、水玉模様のパラソルを翳した和服姿の若い美人が何処からともなく現れて、ベンチの前を往つたり来たりして、二人を甚だ落着かない気分にした。それから、尠し離れた桜の樹の根元に手巾を敷いて腰を降すと、美しい横顔を見せた儘動かない。黙つて美人の横顔を拝見してゐるのは先方に失礼だらう、何とか挨拶すべきではないかしらん？　この問題に就て二人でいろいろ論じ合つてゐたら、先方の美人は不意に立上つてどこかへ行つてしまつた。

何とも間の抜けた話だが、このとき赤蜻蛉の飛んでゐるのが眼に這入つて、いまどき珍しいな、と思つた記憶がある。だから高崎の美人と云ふと赤蜻蛉を想ひ出す。この美人は、后で行つた店の婆さんの話によると、些か頭が怪訝しいがたいへんな器量自慢で、若い男を見るとその前を遊弋して相手を変梃な気分にさせると云ふ。町では有名な女性だつたらしい。われわれは幸か不幸か失礼したが、万一挨拶してゐたらその結果はどうだつたかしらん？

赤蜻蛉はいいが、それに関聯して想ひ出す人間となると、信州の叔父と云ひ、高崎の美人と云ひ、倶に頭が怪訝しいのは何とも不思議である。もう一つ、昔、野口雨情に「赤蜻蛉」と云ふ詩があつたと思つて、改造社版の円本の詩集の埃を払つて見たら、それは「洪水の跡」と云ふ詩であつた。「洪水の跡にコスモス咲き　赤い蜻蛉がとまつてゐる　赤い蜻蛉よ　旅人は　どこまで行つた」と云ふのである。

（一九八八年九月）

文鳥

小鳥好きの某君に鶯が一羽欲しいと頼んで置いたら、暫くして某君が鶯を届けて呉れた。見ると某君は鶯の他にもう一羽小鳥を持つて来てゐて、

——これは、おまけです。

と云つてその小鳥を呉れた。何だ、十姉妹かい？　と訊くと某君はこれは文鳥で、子供だからまだ黒い所があるが大人になると雪のやうに真白になる、嘴ももつと赤くなるのだと講釈して呉れた。ふうん、と聴いてゐたが、一向に感心しなかつた。第一、おまけですなんて云はれると余り感心する気にはならない。買物をしても、おまけの品が買つた品物より上等だと云ふことはあり得ない。だから、その文鳥にもおまけとしての価値しか認めなかつたかもしれない。

ほうほけきよ、と啼出すのを愉しみにしてゐたら、その后間も無く肝腎の鶯はころりと死んだから情無い。何故死んだか判らないが、死んだものは仕方が無いと諦めることにした。その結果、

おまけの筈の文鳥が我家のなかで急に幅を利かすことになつた。傍役が主役になつたやうなものだらう。

この文鳥は所謂手乗文鳥と云ふ奴だから、飼主の人間は同輩とでも思つてゐるのか、当然遊び相手になつて呉れるものと心得てゐるらしく、放つて置くと相手をしろと啼くのである。手を出すと掌に乗つて、序に肩迄上つて来て耳の穴を啄いたりするから擽つたくて不可ない。

――こら、調子に乗るな。

文鳥をたしなめたら、ぴつ、ぴつと啼いて、首をひねると黒い眼で此方の顔を見た。どう云ふ料簡か知らない。

文鳥が淋しがるから人の姿の見える所に置いて呉れ、と某君が云つたから、文鳥の籠は居間兼食堂の食卓の上に載せてある。尤も鳥籠の戸は開けつ放しにしてあるから、文鳥は勝手に籠を出て食卓の上を跳ね廻つて糞をしたり籠の上に乗つて身体のあちこちを啄いたりしてゐる。

一度、客が何人か来て隣の部屋で酒を飲みながら賑かに話してゐたら、廊下伝ひに文鳥がぱたぱた飛んで来たから驚いた。仲間に入れて呉れと云ふつもりでもあるまいが、賑かな所が好きらしい。ただ困るのは行儀が悪いことで、餌壺のなかの粟を矢鱈に食卓の上に散らす。仕方が無いから浅い大きな箱を置いて、そのなかに鳥籠を入れて置くことにしたが、箱のなかが粟だらけになつてしまふ。

以前からよく来る山鳩がゐて、家の者が箱のなかに散らかつた粟を庭に捨てると喜んで啄む。この山鳩は悉皆馴れてしまつて、戸が開いてゐると平気で家のなか迄入つて来る。以前は掌から麻の実を食つたこともあるが、このごろは面倒臭いからやらない。

或るとき山鳩が来て、庭の粟を食つてしまふと、もつと貰ひたいと云ふ顔をして濡縁から食堂に上つて来た。文鳥の餌壺の粟を摘んで床に撒いてやつたら、山鳩は忙しさうに啄んでゐる。ひとつ、山鳩に文鳥を紹介してやらうと思ひ附いて、食卓の上にゐた文鳥を山鳩の近くの床に降したら、最初は文鳥も面喰つたのか、ぴよんぴよん、その辺を跳ね廻つてゐた。

その裡に、山鳩の啄んでゐる粟は自分の餌だと気が附いたのかどうか知らないが、文鳥は身体を脹らませると、自分の十倍以上もある山鳩に向つて威嚇するやうな恰好をしたから可笑しかつた。そればかりか、山鳩に突掛つて行つたから、これには驚いた。山鳩は何だか迷惑さうな様子で逃げながら粟を啄んでゐたが、文鳥の剣幕に呆れたのかもしれない。到頭食堂の外へ出て行つてしまつた。

（一九七六年七月）

泥鰌

いつだつたか、家の者が買物から帰つて来て、

——泥鰌を買つて来ましたよ。

と云つた。別に泥鰌が好物と云ふ訳では無い。買物に行つたら、珍しく売つてゐたから買つて来た、そんな話だつたと思ふ。何だか面白さうだから台所へ行つて流台を覗いたら、鬚を生やした黒い奴が大きな鉢のなかでくにやくにや無闇に暴れてゐて取止が無い。柳川にすると云ふから、間も無く此奴らも鍋のなかで往生するだらう。さう思つて見てゐる裡に、何匹か池に放して見ようと云ふ気になつた。

泥鰌に向つて、お前達のなかに鍋に入るより池に入りたい奴はゐるか？　と訊くのが順序かもしれないが、そんなことは出来ない。仮に出来たとしても、みんな池の方を志願したら、鍋は出来ないし、小さな池は泥鰌だらけになつて甚だ迷惑する。だからそんな順序は省略して、なかで

威勢の好ささうな奴を四、五匹摑まへて庭の池に落したら、忽ち沈んで見えなくなつてしまつた。この四、五匹は運が好かつたと云つていいのか悪いのか、その辺の所はよく判らない。池には金魚が十匹ばかりゐるが、金魚と泥鰌が喧嘩するかどうか、そこ迄考へる必要も無い。

——泥鰌は泳いでゐますか？

——影も形も無いな……。

何だかたいへんつまらぬことをした気になつた。

池は煉瓦のテラスに続いてゐて、深さは二尺も無い。なかは混凝土だが姫睡蓮の鉢が幾つか沈めてあるから、鉢の土が流れ出したり、長い間に土埃が溜つたりして底の方には二寸ばかりの泥の層が出来てゐる。泥鰌の奴は、これ幸ひとその泥のなかに潜り込んでしまつたと見える。最初の二、三日は気になつたから池を覗いて見たりしたが、泥鰌は一向に姿を現さない。娘が遊びに来て家の者と話してゐる。池に泥鰌がゐるのよ。ほんと、どれどれ……あら、見えないわよ。聞いてゐると、洵に莫迦な会話としか思へない。

友人と深川の泥鰌屋へ行つて、酒を飲んで泥鰌を食つてゐる裡に、ひよつこり池の泥鰌を想ひ出した。そのくらゐだから、池の泥鰌のことは悉皆忘れてゐたのだらう。想ひ出した序に友人に話をしたら、泥鰌を飼つてるなんて、あんまり聞かないな、と莫迦にしたやうな顔をした。それから、

――「田舎教師」に泥鰌を食ふことが出て来るね……。

と云ひ出したから面喰つた。花袋の「田舎教師」は昔読んで知つてゐるが、泥鰌が出て来たかどうか憶えてゐない。さうかい、泥鰌が出て来たかな？　話を聴くと、何でも病身の主人公が滋養物を摂らなくちや不可ないと云ふので、毎日泥鰌を割いて卵をかけて煮て食つたとか書いてあると云ふ。さう云はれると、何だかそんな所もあつたやうな気がするが、お前さんはよく憶えてゐるなと感心したら、なあに、必要があつて最近読み返したばかりだと澄してゐた。案外、珍しく泥鰌屋に行かうと友人が提案したのも、そのせゐだつたかもしれない。尤も、「田舎教師」には植物の名前がよく出て来ると云ふことから、いつの間にか植物の話になつて、泥鰌は泥のなかに忘れられてしまつた。

泥鰌を池に放して一年ぐらゐ経つた頃かもしれない。或る日、夕立が降つた。雨が歇んでから庭をぼんやり見てゐると、土の上で何だか黒い物が跳ねてゐる。何しろ泥鰌の奴はさつぱり姿を見せないから、池に泥鰌がゐることも忘れてゐたのである。

――おいおい、あれは何だ。

家の者を呼んで訊くと、まあ、泥鰌だわ、と云ふ返事でたいへん驚いた。夕立で池の水が溢れたとき、外に流れ出たらしい。早速池に戻してやつたが、生死不明の泥鰌がちやんと生きてゐたと判つて、何だか悪くない気分であつた。

それからどのくらゐ経つた頃か忘れたが、或る好く晴れた日、家の者が頓狂な声で呼ぶから行つてみると、池に泥鰌が見えた。泥鰌は一匹だが、ひよろひよろと垂直に立つて、水面に顔を向けてゐる。好い天気なのでふらふらと出て来たのかもしれない。見てゐたら今度はくるりと一廻転して、またひよろひよろと尻尾を上にした儘下に消えてしまつた。

——泥鰌つて愛嬌があるのね……。

家の者は感心してゐる。たかが泥鰌のことで頓狂な声を出すな、とたしなめるつもりでゐたのだが、それを忘れたのは、泥鰌の愛嬌を認めたせゐかしらん？

（一九七七年二月）

お玉杓子

去年の春、三月中旬頃だつたと思ふが、テラスの先のちつぽけな池に蝦蟇が初めて卵を産んだ。それ迄も庭に蝦蟇の姿を見掛けたことは何度もあつたが、卵は産まなかつた。何故去年から産み出したのか、それは蝦蟇に訊かないと判らない。

ちやうど若い知人が訪ねて来て話をしてゐると、

——おや、親子蝦蟇だ。珍しいですね。

と相手が吃驚したやうな顔をした。見ると、いつの間に現れたのか、テラスの隅に二匹の蝦蟇が重なつて凝つとしてゐた。小さな奴が大きな奴の上に乗つかつてゐる。親子蝦蟇と聞いたら何だか可笑しかつたが、或は若い知人は親亀の背中に子亀を乗せてとか何とか云ふ文句を知つてゐて、その連想から親子と云つたのかもしれない。

——うん、ああやつて、朝からその辺を歩き廻つたり、池に這入つたりしてゐるよ。

二人で蝦蟇を見てゐたら、そこへもう一人の若い知人がやつて来て、テラスの蝦蟇を見ると、

——交尾してますね……。

と面白さうな顔をした。二人の若い客は友達同志である。

——親子ぢやないのか？

——夫婦ですよ。

——何だ、さうか……。

そんなことを云つてゐる。それから暫くしてテラスを見たら、蝦蟇はどこへ行つたのか姿が無かつた。

蝦蟇はのそのそ歩いて鈍重な感じがするが、急に姿が見えなくなることがある。庭に蝦蟇を見掛けて、ああ、ゐるな、と思ふ。ちよつと傍らへ行つて、戻つて来て見るともうゐない。遠くに行つた筈は無い、とその辺を探しても一向に見附からない。忽然と消えてしまふから、何とも不思議でならない。忍術でも心得てゐるのではないかしらん？

それから、ひよつこり、思ひ掛けない時に顔を出すこともある。いつだつたか、まだ庭の片隅に木苺の藪があつた頃だが、垂れた枝に紅い実が附いてゐるから摘まうと手を伸したら、不意に指先を突かれた。見ると、蝦蟇の奴が偉さうな顔をして控へてゐたから吃驚した。突かれたと思つたが、或は舌の先で舐められたのかもしれない。蝦蟇がどう云ふ心算でそんなことをしたのか、

さつぱり判らない。真逆、挨拶した訳でもあるまいと思ふ。

若い知人が訪ねて来た翌日、眼を醒したら家の者が蝦蟇が卵を産みましたよと云ふから早速池を見に行つて、初めて蝦蟇の卵に御眼に掛つた。卵は直径二粍ばかりの寒天質の長い紐状をなしてゐて、そのなかに何やら黒いものが点点と見える。池のなかには姫睡蓮の鉢が幾つか沈めてあるが、卵はその鉢の一つの上にとぐろを巻いた恰好に堆く産んであつて、それでもまだ終らず隣の鉢の上にも山が出来てゐた。紐がどのくらゐ長いのか、見当も附かない。何だか池のなかが汚らしくなつたやうで面白くなかつたが、仕方が無いと諦めてその儘放置した。

それからどのくらゐ経つた頃か忘れたが、気が附いたらちつぽけな池のなかはお玉杓子だらけになつてゐた。黒い小さな奴がうじやうじやしてゐる。これがみんな一人前の蝦蟇になつたら、一体どう云ふことになるのだらう？　さう考へたら、急に落着かない気分になつた。蝦蟇も一匹か二匹見るのはいいが、狭い庭中蝦蟇だらけになつて足の踏場も無い、そんなことになつたらどうしたらいいだらう？　見てゐる裡に、たいへん憂鬱になつた。

その裡に小さな黒い奴に手足が出て、何となく蛙らしい恰好になつて次次と池から出て行くのを見掛けた記憶はあるが、その后、庭で蝦蟇の子供に会つたことは一度も無い。幸にして庭中蝦蟇だらけにならずに済んだ訳だが、多分みんな死んだのではないかしらん？　庭には四十雀とか数種の小鳥がしよつちゆう来てゐるから、小鳥共が啄んでしまつたのではないかと思ふ。

今年は庭の花が去年より一週間か十日ばかり遅かつたが、蝦蟇も矢張り去年より遅く三月下旬頃、二匹で姿を現した。尤も、小さな奴が大きな奴の上に乗つかつてゐる恰好は変らないが、去年と同じ奴かどうか知らない。テラスに這上らうとして、何遍も重なつた儘仰向けに引繰返るからみつともない。不要の煉瓦で段段を造つてやつたら、今度はちやんとテラスに上つた。目下、池には去年と同じやうにお玉杓子が沢山泳いでゐる。ときどき覗くが、庭中蝦蟇だらけになる心配は無いと高を括つてゐるせゐだらう。去年と違つて安心して見てゐる。

（一九七八年四月）

巣箱

大分以前から庭の木の枝に竹筒が吊してあつて、これに牛脂を入れてやると四十雀が来て歓んで啄む。四十雀は大抵夫婦で来て、一方が牛脂を啄んでゐるときは、一方は近くの枝でちよんちよんと跳ねてゐる。二羽で来るから夫婦と思つてゐるが、どつちが亭主でどつちが細君か知らない。いつだつたか、その識別法を誰かに聞いたことがあるが、酔つてゐたから直ぐ忘れてしまつた。強ひて知りたいとも思はない。

長い間、竹筒の牛脂は専ら四十雀が啄んでゐたが、いつの頃からか、それ迄牛脂に見向きもしなかつた雀や鵯が牛脂を食ふやうになつたから、合点が行かない。或るとき、家の者が、

——雀が牛の脂を食べてますよ。

と云ふから、そんな筈は無い、と庭の竹筒を見たら、雀がちよんと乗つて啄いてゐたから驚いた。もつと驚いたのは、鵯の奴が四十雀を追払つて、竹筒を独占して偉さうな顔をしてゐたこと

である。

多分、四十雀が旨さうに食つてゐるので、一体、どんな味がするものか試食してやらう、と思つたかどうか知らないが、案外それで味を占めたのではないかしらん？　雀が相伴するのは愛敬だが、鵯となるとさうは行かない。長い鋭い嘴を牛脂の塊に突刺して、丸ごと竹筒から抜いて持去つてしまふ。無茶なことをするから甚だ迷惑する。

——この頃、直ぐ牛の脂が失くなると思つたら、そのせゐね……。

と家の者も呆れてゐた。

鵯が牛脂を旨いと思つてゐるかどうか判らないが、見てゐると、鵯は四十雀の牛脂を攫つて行くことに快感を覚えてゐるやうに思はれる。故意と意地悪をしてゐるやうに思はれて気に喰はない。この野郎、と鵯を追払つてもいいが、他の小鳥共が誤解すると不可ないから困る。

庭には餌台も造つてあつて、以前はこの上に、山鳩や雀にやるために米粒やパン屑を載せてやつた。或るとき、友人に教へられて向日葵の種を載せることにしたら、四十雀は牛脂より此方の方が好物と見えて、それからは向日葵の種を好んで啄むやうになつた。餌台に乗つて一粒咥へると庭の茂みのなかに這入つて、両足で種を押へ附けて、忙しく啄いて固い表皮を割つて中味を食ふ。

向日葵の種を置くやうにしたら、これ迄見掛けなかつた河原鶸も来るやうになつた。狭い庭の餌台の向日葵が、どうして河原鶸の眼に附いたのかさつぱり判らない。河原鶸は大抵五、六羽で来て、餌台に乗つて遊んだり喧嘩したりしてゐる。喧嘩して舞上ると、羽が緑色に透けてなかなか美しい。偶に鵯もこの餌台に乗つて、何となく辺りを睥睨するやうな恰好をしてゐるが、幾ら偉さうな顔をして見せても、鵯の嘴は向日葵の種を啄むやうには出来てゐない。それが面白くないのだらう、直にどこかへ行つてしまふ。

いつだつたか忘れたが、庭に来る小鳥の話をしたら、その話を聴いた友人が巣箱を呉れた。何でも、その友人の知合の男の子が造つたとか云ふ話だつたと思ふ。

——どうだ、素朴で良いだらう？

呉れるとき友人は自慢したが、成程、頑丈に出来た白木の巣箱で悪くなかつた。早速、貰つた巣箱を庭のヒマラヤ杉の幹に架けて、四十雀が巣を営むのを愉しみにした。巣箱に「貸家」と書いた紙を斜に貼りたかつたが、そんなことをすると人が変に思ふかもしれないから止めにした。四十雀はどこでも簡単に巣を作るらしい。四十雀が新宿の或る百貨店の屋上にある石燈籠のなかに巣を作つた、そんな記事を前に新聞で見たことがある。

信州追分の林のなかに別荘を持つてゐる知人がゐる。或る夏、この知人が別荘に行つて、雨戸を開けようとすると何か引掛るものがある。何だらうと覗いて見たら、四十雀が戸袋のなかに巣を作つてゐたさうである。その話を聴いたのは大分前のことだが、何だか林のなかの家が眼に見えるやうで、愉快な気がした記憶がある。或る晩秋の一日追分へ行つたら、裸の梢で四十雀が賑かに囀つてゐて、向うに浅間が大きく見えた。序にそんなことも想ひ出す。石燈籠や戸袋に較べたら、巣箱の方が迥かに住心地は好いだらう。小鳥はどう思つてゐるか知らないが、巣箱を架けた人間はさう思ひたい。その裡に四十雀が何度か巣箱の上に乗つて、穴からなかに這入つたりするのを見掛けたから嬉しかつた。

——どうだい、この家？

——満更悪くないわね……。

二羽でそんな相談をしてゐるやうに思はれてならない。四十雀が巣箱に住着いて、雛でも孵したら申分無いのだがと思ふ。

或る日、何気無く巣箱の方を見たら、巣箱の上の枝に猫が一匹上つてゐて、凝つと巣箱の方を視ながら蹲踞つてゐたから吃驚した。どうやら猫の奴は巣箱に出入する四十雀に眼を附けて、そこで待機してゐたらしい。腹が立つから、

——こらつ。

と怒鳴つて庭に飛出したら、猫も面喰つたらしい、狼狽してヒマラヤ杉を駆降りると一目散に逃げて行つた。余程大声で怒鳴つたのかもしれない。

——一体、何事ですか？

家の者が吃驚した顔で覗いた。

巣箱にばかり気を取られて、猫の存在を忘れてゐたのは、何とも迂闊であつたと云ふ他無い。これでは貸家の札を貼つても、借手は無いだらう。四十雀だつて莫迦ではないから、猫に狙はれるやうな場所に家庭を持つなんて、真平御免と思ふに相違無い。果して、その年四十雀は巣箱に巣を作らなかつた。その年ばかりではない、その后いまに至る迄、巣箱は空家の儘で塞つたことが無い。白木の巣箱は悉皆古ぼけてしまつてゐるが、いまでは庭の点景みたいな気がするから、借手が無いからと云つて取除くつもりは無い。

二、三年前の秋だつたと思ふが、一度、何となくヒマラヤ杉に梯子を掛けて、巣箱を外してみたことがある。なかで、ことん、と音がするから、何だらうと横にして振つたら、穴から団栗が一つ転り落ちたから驚いた。誰が入れたのかしらん？　四十雀には団栗は大き過ぎて咥へられないから、案外悪戯者の鵯でも咥へて来て入れたのではないかと思ふ。何だか、思ひ掛けない秋の贈物を貰つたやうな気がして、愉快だつたのを想ひ出す。

（一九七八年九月）

地蔵

庭の一隅に、三尺ばかりの丈の石の地蔵が立つてゐる。庭に出ると、ときどきこの地蔵の丸い頭を撫でて、好い子、好い子、をしてやる。無論、地蔵はうんともすんとも云はない。云つたら、腰を抜すだらう。柔和な顔をしてゐるが、惜むらくは鼻が尠し欠けてゐる。却つて愛嬌があると云へないことも無い。

訪ねて来た人は、この地蔵に気が附くと、

——おや、お地蔵さんですか……。

と面白さうな顔をする。この頃はそんなことは無いが、以前は、一体、どこから無断で失敬して来たのか？　さうあからさまには訊かないが、それらしいことを云つてにやにやする人もあつて、甚だ心外であつた。

——冗談云つちや不可ません。

その度に地蔵の由来を説明して、相手の認識不足を窘めなくてはならない。尤も、大分昔のことだが或る新聞に「地蔵さん」と云ふ小文を載せたことがある。そのなかで、どこかの祠から地蔵さんをこつそり失敬して来ようかと思つた、なんて書いたこともあるから当方としても余り偉さうな顔は出来ない。

この地蔵は十年ばかり前、知合の画家の某さんから貰つたのである。何故貰つたのか、その辺の記憶は判然としないが、或は某さんが新聞の小文を読んで憶えてゐて呉れたのかもしれない。

何でも某さんが近県のどこかにスケッチ旅行に行つたとき、或る寺でこの地蔵を見掛けて、譲つて呉れと交渉すると先方は簡単に承知した。歓んで和尚と世間話をしてゐたら、その裡に和尚が本堂の改築で金が要るとか何とか云ふ話を始めたから、某さんは危険を感じて急いで地蔵を車に積込んで退散したのださうである。確かそんな話を聴いたと思ふ。その地蔵をわざわざ持つて来て呉れたから、有難く頂戴した。

——さう云ふ訳です。

と説明すると、なかにはそれが気に入らない人もゐて、得体の知れない地蔵は祟があると脅すのである。庭の一隅に据ゑたときに、新来の地蔵に敬意を表して丸い頭を撫で、

——酒を掛けてやつたから大丈夫だ。

と答へると、相手は大抵拍子抜したやうな顔をした。大丈夫だと云ふが、何が大丈夫なのか自

分でも判らない。

爾来十年、石の地蔵は同じ場所に同じ姿勢で立つてゐる。赤い涎掛を掛けてゐるが、これは家の者が作つて毎年元旦に新しい奴と取替へてやる。半年も経つと色褪せてみつともない恰好になるが、それは来年の元旦迄待つて貰ふ他無い。それから毎月一日には、地蔵の前に赤飯の入つた小さな茶碗を置く。これも家の者の役目である。但し、これは信心とか迷信とは一向に関係が無い。例へば重陽の節句には菊を飾り、冬至には柚子湯に入ると同じことで、我家のささやかな行事の一つに過ぎない。こんな行事はやらなくても別に差支へは無いが、行事があつた方が面白いからやるのである。一種の遊と心得てゐて、こんな遊は嫌ではない。

いつだつたか井伏さんが来られたとき、初めてこの地蔵を見て、

——何だ、君は地蔵迄……。

と云ひ掛けて口を噤まれた。昔、新宿の馴染の酒場から面白半分に徳利や盃を失敬したことがある。后で酒場の親爺から、貴方のお蔭でうちの徳利や盃が足りなくなつたので、新しく注文して作らせました、と云はれて面喰つたが、これは親爺の下手な冗談で、そんなに沢山失敬する訳が無い。何しろ遠い昔のことだから此方は悉皆忘れてゐたが、井伏さんは記憶力がいいからちやんとそのことを憶えてゐて、

——何だ、お前は地蔵迄失敬して来たのか？

と云はんとされたのではないかしらん？　さう思はれては差障があるから、某さんの話をして井伏さんの誤解を解いたつもりだが、井伏さんは頑固な方で一度かうと思ひ込むと決して考へを変へない。そのときも、

——さうかね、ではさう云ふことにして置かう。

と云はれた。何だか気になるが、さう云ふことにして置く他は無い。

或るとき、井伏さんと酒を飲んでゐたら、井伏さんは甲州の話をされて、どこだか知らないが、或る所にたいへんいい道標があると云はれた。古い石の道標で、右何とか、左何とかと彫つてあつて、

——君なんか見たら……。

と云ひ掛けて、危い、危い、と笑はれた。どこですか？　と訊いても首を振つて、いや、教へないと云ふ。案外、御自分で所有なさらうとする下心があるのではないかと思ふが、真逆そんなことは訊けない。

（一九七九年九月）

ぴぴ二世

今年の春、飼つてゐた文鳥が死んだ。四年ほど前に友人から貰つた文鳥で、矢鱈に威勢好く部屋のなかを跳ね廻つて遊んでゐたが、それがゐなくなると矢張り淋しい。ぴつぴつと啼くから、ぴぴ、と呼んでゐる裡に、いつの間にかそれが名前になつた。

二年ばかり前、下の娘が巴里から帰つて来て、当時二歳と何ケ月かの男の子を連れてやつて来た。この子供は巴里で生れたから、顔を見るのは初めてである。巴里では向うの子供と遊んでゐたらしく、片言だが仏蘭西語を話す。それが埴輪の馬を見て、シユヴアル、シユヴアルと歓んでゐたのはいいが、突然、母親に向つて、

——ピピ……。

と云つた。娘は心得て、早速子供を手洗に連れて行つたが、此方は何だか判らない。文鳥を呼んだのかしらん、と思つてゐたら、后でピピとは仏蘭西の小児語で、おしつこ、と判つて面喰つ

た。面喰つたからと云つて、文鳥の名前を改める気は無い。相変らず、ぴぴ、と呼んでゐた。呼ばれた文鳥の奴が、それを自分の名前と承知してゐたかどうか、その辺の所は判らない。

莫迦に気の強い小鳥で、食堂に這入つて来た山鳩に喧嘩を吹掛けたこともあるが、これはまた別の話とする。恐らく人間なんて自分の世話掛、若しくは遊び相手ぐらゐに心得てゐたのではないかと思ふ。以前二度ばかり犬を飼つたことがある。これが犬だと飼主の気持を敏感に察して、こら、と叱ると恐縮したやうな顔をするが、文鳥には、こら、なんて云つても通じない。平気でちよんちよんと上つて来て、耳を啄いて肩に糞を垂す。

――この莫迦野郎。

と文鳥相手に怒つては大人気無い。

白木蓮の花が咲出した頃だつたと思ふが、この文鳥が病気になつた。水のやうな糞をして、元気が無い。家の者が小鳥の薬なるものを買つて来て与へたが、一向に効目が無い。日頃人間を尻目に跳ね廻つてゐる奴が、無闇に人間の傍に寄りたがる。頻りに手や膝に乗らうとするが、水のやうな糞をされるから、これには閉口した。それでも手に乗つた奴を、両の掌で包むやうにしてやると、半分眼を閉ぢて安心したやうな顔をしてゐる。文鳥はそれで安心するのかもしれないが、人間の方は一日中文鳥相手にそんな恰好をしてゐる訳には行かない。此方の都合と云ふものがある。

——悪く思ふなよ。

と文鳥を卓子の上に載せて書斎に引込むと、その后で家の者の懐に入りたがつたりしたさうである。普段気が強くて威勢の好い小鳥だが、病気になると矢張り心細いのかもしれない。何とか人間に縋らうとしてゐるのがよく判るが、此方は何もしてやれない。何だか哀れで、これにはちよつと参つた。文鳥は病気になつて三日目に死んだから、地蔵の傍に埋めて、その上に「ぴぴの墓」と書いた丸い石を置いてやつた。

——もう当分何も飼はない。

その当座はさう思つてゐたが、世のなかにはいろいろ思はぬことが起る。秋の一日、庭で落葉を焚いてゐたら、買物から帰つて来た家の者がけたたましい声で呼ぶのである。頓狂な声を出すな、と仏頂面をして行つて見たら、その肩の上に文鳥が一羽ちよんと乗つてゐたから吃驚した。

——一体、どうしたんだ？

話を聞くと、何でも前の家の若奥さんと道で立話してゐたら、あら、文鳥ぢやないかしら、と若奥さんが云ふ。見ると、近くの木の枝に白い小鳥が止つてゐた。試みに、ぴぴ、と呼んでみたら、文鳥は懐しさうに舞降りて来て家の者の肩に乗つたから、その儘家に這入つて来たと云ふのである。

——ふうん。

見ると純白の綺麗な奴で、掌を出したら掌に乗る替りにひらりと此方の肩に乗つて首筋を啄いた。此奴も威勢が好いらしく、啄かれたら痛かつた。余り馴馴しくするな、と文句を云ひたい。

——どうします？

と云ふから、飼主が判る迄家に置くことにして、家の者は片附けた鳥籠を出したり、餌を買ひに行つたりした。その后、二、三心当りを訊いたが、文鳥の逃げた家は無いらしいと云ふので、うちで飼ふことにして、これがぴぴ二世と云ふことになつた。新参者のくせに、我物顔にあちこち跳ね廻つてゐて一世と変らない。ただ一世はぴつぴつとしか啼かなかつたが、此奴は、すつちよちよい、すつちよちよい、すつちよちよいちよい、と囀る。初めてその啼声を聞いたときは吃驚して、暫く文鳥の顔を見てゐたと思ふ。

（一九七九年十月）

鵯の花見

庭の隅に大きな栗の木があつて、これにのうぜんかづらを這はせてあるが、毎年夏になると朱色の花を咲かせる。うつかり忘れてゐて、庭に落ちてゐる花を見て、

——もう咲いたのか……。

と仰いで見ることもある。

別に風に吹かれなくてもいいが、この花が風に吹かれてゐる風情はなかなかいい。昔、甲州の田舎の宿に泊まつたら、庭の松の木にのうぜんかづらが這ひ上がつて朱色の花を附けてゐた。二階の部屋に坐ると眼の前にその花があつて、濃い碧空を背に激しく風に揺れてゐて、これは忘れられない。

今年はどう云ふものか、庭ののうぜんかづらが例年になく花を沢山附けた。何故沢山咲いたの

か知らないが、家の者によると、今年は珍しく郭公の声が聞えたせゐだと云ふから何とも不思議である。この附近では、郭公の声が聞かれなくなつて久しいが、今年は五月頃だつたか六月頃だつたか、どこかで啼いてゐるのが聞えて、

——珍しいな……。

と耳を澄ます格好になつた記憶がある。郭公の声を聞くのはいいが、それとのうぜんかづらがどこでどんな具合に結び着くのかしらん？　理由を訊くのは忘れたが、訊いてみたら、風が吹けば桶屋が儲る式の説明があつたかもしれない。

のうぜんかづらの花が咲くと、鵯が蜜を吸ひにやつて来る。花の周辺を飛びながら、筒状の花のなかに上手い具合に頭を突込む。鵯の嘴は長いから、花の蜜を吸ふには都合が好いだらうと思ふ。その替り、向日葵の種子のやうなものには歯が立たない。庭に植木屋の親爺の造つて呉れた餌台がある。丸太棒を立てた上に四角の板を打ち着けてあるだけのものだが、この上に向日葵の種子をのせて置くと四十雀や河原鶸が来て啄む。四十雀は一粒咥へると直ぐ近くの木の枝に移つて、両足で種子を押へてちよんちよん啄むが、河原鶸の方は餌台の上に何羽も乗つて、種子を咥へてもぐもぐやつてゐる。その間にも話をしたり喧嘩をしたりして騒騒しい。井戸端会議を開いてゐるやうにも見える。

これが鵯には面白くないのである。いつだつたか庭の餌台を見たら、

——お山の大将、俺一人……。

そんな感じで、一羽の鶫が餌台を占領してゐた。他の小鳥共は近くの茂みのなかで様子を窺つてゐたやうである。占領したところで向日葵の種子は食へないのだが、他の小鳥共が旨さうに食ふのが癪に障るので、追つ払はずにはゐられない心境になるものらしい。偉さうな顔をして、辺りを睥睨してゐるから何だか可笑しかつた。出て行つて、

——こら。

と云つたら、鶫の奴は面喰らつたらしい。ぴいよ、ぴいよと啼いてどこかへ飛んで行つてしまつた。

庭ののうぜんかづらの花が咲き出して、一週間ばかり経つた頃ではなかつたかと思ふ。ある日、家の者が頓狂な声で呼ぶから何事かと思つて行つてみると、のうぜんかづらの花の方を指して、

——あそこに鶫の子供がゐますよ。

と云ふのである。ほんとかい？　半信半疑で指差す方が見たが、なかなか判らない。その裡に、花の先方の栗の木の枝に雛らしい奴が二羽並んで止つてゐるのがやつと見つかつて、やれやれと思つた。親と違ふ色なので、見つけるのに手間どつたのかもしれない。全身淡茶色で、そこに茶の斑点が附いてゐるやうに見えたが、遠くだから余り自信はない。雀の倍近くの大きさだが、一見、飛べさうにも見えない。一体、どこからやつて来たのか、それが不思議でならなかつた。栗

の木に巣があるのかもしれないと思つて、あちこち見たが見当たらなかつた。

親が戻つて来ると、鴨の子は何か呉れと催促するらしく小さな口を大きく開ける。その口のなかに親鳥は何かを入れてやつてゐたが、何をやつたのか、無論、判らない。花の蜜を吸つてゐた鴨もゐたから、子供に蜜を飲ませたのかもしれない。

そのまま続けて鴨の子を見てゐればよかつたのだが、生憎、そんな暇人ではない。暫く他のことをして、雛はどうしたらうと戻つて見たら、どこへ行つたのか影も形もないからがつかりした。飛べないと思つたが、案外、飛べたのかもしれない。それにしても、鴨の親子は一体何しに来たのだらうと云つたら、家の者が、

——きつと親子でお花見に来たんですよ。

と云つた。果してどんなものかしらん？

（一九八四年八月）

侘助の花

毎朝起きると、庭に来る小鳥に餌をやる。庭に陶製の腰掛が一つ置いてあつて、この上に径二十糎ばかりの植木鉢用の受皿が載せてある。これが小鳥の水飲み場になつてゐて、朝起きると、先づこの皿に水を入れてやる。昔は大抵午近く迄寝てゐたが、半病人になつてからは朝は八時頃起きる。お蔭で小鳥の相手をすることを思ひ着いた。

冬はこの皿の水が凍るから、氷を割つて新しい水を入れてやるが、今年は暖いせゐか、氷はまだ一度しか張らない。水飲み場では、四十雀や目白が水浴びもやる。皿の縁に止つて水を飲んでゐた四十雀が、ついと皿のなかに入ると、羽をばたばたやつて水を跳ね散らす。好い気分らしく、寒さは苦にならないらしい。目白を見るのは久し振りだが、これはいつも二羽で来る。夫婦だらうと思ふが、目白も水浴びが好きで、交互に仲好く水を飛ばしてゐる。その点、雀とか山鳩は水は飲むが、水浴びをしてゐる所は見たことが無い。尤も、山鳩には皿が小さ過ぎるかもしれない。

丸太棒を立てた上に板を打附けた餌台が二つあつて、この上に向日葵の種を載せてやると、四十雀と河原鶸が来て歓んで食ふ。河原鶸は仲間同士でよく喧嘩してゐるが、いつもその裡の一羽か、二、三羽が餌台を占領して、種を咥へてもぐもぐやつてゐる。もぐもぐやつてゐる裡に、固い殻が割れて中身が出て来る仕掛になつてゐるらしい。四十雀はその河原鶸の隙を狙つて、素早く種を咥へて逃げる。

河原鶸は逃げる四十雀に向つて、頭を突出して見せたりするが、多分、

——やい、この野郎。

と威嚇してゐる心算なのだらうと思ふ。

河原鶸がゐないときは、無論、逃げる必要は無い筈だが、四十雀は餌台で食ふことはしない。一粒口に咥へると、矢張り素早く近くの枝に飛んで行つてそこで食つてゐる。枝に止ると両足で向日葵の種を押へて、忙しく殻を啄いて割つて、中身を食ふ。お蔭で庭のあちこちに向日葵の種の殻が散らかることになるが、これは仕方が無い。

それから、庭に粟を撒いてやる。これは山鳩と雀が歓んで啄む。河原鶸もよく一緒になつて啄んでゐるが、訊いた訳では無いが向日葵の種の方が好物らしい。粟を撒き終つて家に這入ると、途端に、庭の樹の枝で待機してゐた雀が、ぞろぞろ、と云ふ感じで降りて来る。一度、家の者が勘定してみたら、二十五、六羽迄は数へたがその后はごちやごちやして判らなかつたさうである。

雀は一番臆病で、ちよつとした動作にも敏感に反応を示して飛立つ。

その点山鳩はのんびりしてゐて、粟を啄み出すと大抵のことには驚かない。いつもは一羽と二羽の組が別別に来るが、この正月の五日には一度に七羽揃つて現れたから、これには驚いた。そんなことはこれ迄に一度も無い。七羽の山鳩は喧嘩もせずに粟を啄んで、それからまたどこかへ飛んで行つたが、翌日からはまた、いつもの通り一羽、二羽しか来なかつたから、どうなつてゐるのかよく判らない。不思議なこともあるものだと云つたら、

――山鳩が新年宴会をやつたんでせう。

と家の者が妙なことを云つた。

食堂からよく見える木蓮の枝に、五、六糎に切つた竹筒が針金で吊してあつて、毎朝ではないが、これに牛脂を詰めてやる。昔、井伏さんのお宅へ伺つたら、庭の樹の枝に、何か白い物が入つた赤い網袋が吊してある。何ですかと訊くと、牛脂だ、四十雀が歓んで食ふよ、と先生が云つた。早速その真似をしたのが最初で、あれから何十年経つたかしらん？

ところが最近異変が生じて、四十雀の牛脂を雀が横取するやうになつたから、何とも合点が行かない。最初見たときは信じられなかつたが、雀は味を占めたらしい。この后毎日、四十雀を追払つて牛脂を啄いてゐる。並んで順番を待つてゐる奴もゐるから、雀の間では評判になつてゐるのかもしれない。雀は昆虫を食ふから、牛脂を食つても訝しくはないと考へられるが、それにし

ても何を今更、と気持が片附かない。世の中もいろいろ変つて行くやうである。

水飲み場で水浴びする目白の夫婦は、庭の侘助の花の蜜を吸ひに来るのだが、そこでは目白の姿がよく見えない。木蓮の小枝に、皮を半分剝いた目白の好物の蜜柑を挿してやつたら、目白は歓んで二羽並んで、汁を吸つたり実を食つたりしてゐる。それがよく見える。それはいいが、矢張り侘助の蜜を吸ひに来る乱暴者の鵯が、これを見附けて食ひ散らすから感心しない。先日も、鵯が蜜柑に顔をくつつけて凝つと動かない。何をしてゐるのかと思つたら、長い嘴を押込んで汁を吸つてゐるらしい。何だか眼を細くして、

——甘露、甘露……。

と悦に入つた風情と見える。最初は追払ふ心算でゐたのだが、そんな恰好を見ては無下に追立てる訳にも行かない。今年は庭の侘助の花が例年より多かつたが、珍しく目白夫婦が姿を見せたのはそのせゐかもしれない。先日貰つた庄野からの便りにも、「庭の侘助たくさん咲き目白が蜜を吸ひに来ます」と書いてあつた。


（一九八八年一月）

町の踊り場

学生のころ、創元選書で正宗白鳥の「作家論」上下二冊が出て、そのなかに徳田秋声を論じた文章が入つてゐた。前半では「元の枝へ」と云ふ短篇を取上げて、白鳥は激賞してゐる。尤も后半では「春来る」と云ふ短篇を取上げて、手きびしくやつつけてゐる。

誰でもさうだらうが、若いころは無闇に本を読む。だから、そのころはいろんな本を読んだが、秋声は読まなかつた。徳田秋声、「黴」「爛」と来ると、何となく食慾が減退したのではないかと思ふ。

——秋声はお読みになりましたか？

そのころ谷崎精二先生に訊いたら、

——秋声は知性が無いから嫌ひです。

と云ふ返事で、そんなものかしら、と思つた記憶がある。或はそれで秋声を読まなかつたのかどうか、その辺の所は判らない。

「元の枝へ」を論じた文章のなかで、白鳥はその作品のなかの会話の或る部分は、無技巧の妙境に達してゐて、シェイクスピア全集のなかに入れてもいい程のものだと書いてゐる。白鳥は家庭の幸、不幸を表現するにも、天国、地獄と云ふ言葉を無造作に用ゐることの出来る特技を持つてゐるから、シェイクスピアが出て来ても一向に驚くに当らない。兎も角、白鳥の文章を読んだら、「元の枝へ」を読んでみようと云ふ気になつた。

学校の親しい友人に矢嶋と云ふ男がゐて、これは秋声の親戚だと聞いてゐた。親戚だからと云ふ訳でもなかつたらうが、秋声の作品が好きで読んでゐたらしい。尤も、矢嶋が秋声が好きだと白状したのは、知合つて暫く経つてからである。秋声が好きだなんて云ふと、古臭いと嗤はれるのではないか、最初はそんな気がしてゐたらしい。

想ひ出したから序に書いて置くが、そのころ矢嶋は丸善かどこかでヘミングウェイの新刊本を買つて来て、この本の題は何と訳すといいだらうと云ふので、二人であれこれ考へたことがある。それから暫くしたら翻訳が出たが、題は『誰がために鐘は鳴る』となつてゐた。

この矢嶋に白鳥の作家論の話をして、「元の枝へ」はどの本に入つてゐるか知つてゐるかと訊くと、改造社版の現代日本文学全集の「徳田秋声集」に入つてゐると教へて呉れた。所謂昔の円本と云ふ奴である。

改造社の円本はそのころ古本屋の棚に幾らでもあつて、而も安かつたから、早速「徳田秋声集」を買つて来て「元の枝へ」を読んだ。読んだことは読んだが、面白かつたかどうか一向に記憶に無い。白鳥先生の色眼鏡を借りても、余り感銘が無かつたのだらうと思ふ。或は、どこがいいのか、よく判らなかつたと云つた方がいいかもしれない。無論、この本には他にも幾つか作品が収録されてゐるが、それを読んだかどうかも判らない。

余談になるが、山田順子の「神の火を盗んだ女」と云ふ本を持つてゐる。戦后間も無いころだつたと思ふが、或る古本屋に「仮装人物」があつたから買つたら、店の親爺が、

——これは如何です？

とその本を出して見せた。別に欲しくもなかつたが、面白半分に買つたのである。昭和十二年に紫書房と云ふ本屋から出た本で、読んだことは無いから何が書いてあるのか知らない。この本に山田順子の写真が入つてゐる。見る人に依つて感想は違ふから、容姿のことは云はない。いつだつたか井伏さんにこの本を見せると、井伏さんは写真を見て、

——実物はもつと色気があつて良かつた。

と云はれた。無論「元の枝へ」を読んだころは、山田順子のことなぞ毛頭知らなかつた。

秋声の作品が好きになつたのは「町の踊り場」と云ふ短篇を読んでからである。或るとき、矢嶋と学校近くの古本屋を覗いてゐたら矢嶋が、

——この本は面白かつた……。

と云つたので、何となく秋声のその本を買つた。その本はいまでも持つてゐる。中央公論社から昭和十一年に出た「勲章」と云ふ短篇集で、定価二円となつてゐるが、古本屋だからもつと安かつたらう。秋声晩年の短篇が十六篇入つてゐて、「町の踊り場」もこの本で初めて読んだのである。

この本には、和服姿の秋声の写真も入つてゐる。古本屋で「勲章」を買つてから、喫茶店かどこかでその写真を見ると、改造社の円本に入つてゐる写真とは違つて、たいへん穏かな表情だから意外である。さう云ふと、

——いや、おつかねんだぞ……。

と矢嶋が苦笑した。何でも矢嶋がお母さんと一緒に秋声の家に行つたとき、矢嶋のお母さんは息子を宜しくと云ふつもりだつたのだらう、秋声に、

——この子も小説書いてるんですよ。

と云つたら、途端に秋声は苦虫を嚙み潰した顔をして、

——莫迦な真似は止せ。

と云つたさうである。そんな話を聞いて笑つたのを憶えてゐる。

学校を出てからだが、矢嶋から秋声の写真を一枚貰つたことがある。秋声の亡くなつたとき矢

嶋が撮つた写真で、棺に入つた秋声の顔が写つてゐる。写真機が悪かつたのか腕が悪かつたのか、恐らくその両方だらうと思ふが、ぴんぼけの不出来な写真である。その后間も無く矢嶋は兵隊になつて、南海の藻屑と消えた。だから、秋声と云ふと死んだ矢嶋のことを想ひ出す。

「勲章」のなかにはいい短篇が入つてゐるが、なかでも「町の踊り場」が面白かつた。「序に代へて」と云ふ文章のなかで、秋声は次のやうに書いてゐる。

「（前略）四年以前経済往来（今の日本評論）に『町の踊り場』といふ短かいものを載せたのは、私が私の過去の文学から、自分では可なり蟬脱しかけ得たかと思ふ頃で、私は私なりに遊びながら怠けてばかりもゐなかつた積りである。ここに集めたのは『町の踊り場』に出発した最近の短篇で、大抵は所謂る私小説の類ひだが、中にはさうとばかり言へないものもある。（後略）」

これを読んで、最初に「町の踊り場」を読んだと思ふが、この作品は初めて読んだときから好きになつた。しかし、正直の所、本当に好きになつたのは学校を出て何年か経つてからだと思ふ。

主人公の「私」が姉の葬式に郷里の町へ帰る。鮎が食ひたくなつて、ステツキ片手に、信心深い人達のゐる線香臭い家を飛出して、甥に教へて貰つた料理屋へ鮎の魚田を食ひに行く。最初は鮎があると云つてゐた料理屋の者が、最后は鮎が無いと云ふ所は何だか面白い。次の日の午前、湯灌が終つて葬儀屋の男衆が姉の頭を剃るのを見ながら、遠い昔を想ひ出したりする。姉の首は男衆が持替へる度に、がくりとぐらつく。その夕方、兄一家の人達と食事してから、「私」は独り町へ出ると踊り場に行つて「タタキ」のざらざらするのを気にしながら踊る。「筋肉運動が、憂鬱な私の頭脳を爽かにした。帰ると直ぐ、私は客間につられた広い青蚊帳のなかで、甘い眠りに陥ちた」

と云ふのである。踊り場のある町迄、主人公はカシミヤの上衣を着て歩いて行く。「どこも彼処も夢のやうに静かで、そして仄暗かつた」

夢のやうに静かで、とか、甘い眠りに陥ちた、と云ふやうな表現は余り好きではない。しかし、秋声の作品のなかでは、そんな言葉がしつくりをさまつてゐて、一向に気にならない。どうしても最后は、甘い眠りに落ちて呉れないと困ると云ふ気になる。一見何気無い挿話を無造作に放り出したやうでゐて、洵にすつきりと仕上つてゐる。この短篇を読んで、白鳥の云ふ無技巧の妙境が判つた気がしたが、それはむしろこの作品に就いて云へる言葉ではないかと思ふ。「町の踊り場」を読んでから「元の枝へ」や他の作品を読返したら、眼から鱗が落ちたと云ふのか、それ迄気附かなかつた所が見えて来たから不思議である。

今度「町の踊り場」を読返した序に「死に親しむ」と云ふ短篇も読返したが、これも面白かつた。主人公と親しいダンス友達の医者が病気で死ぬ迄の話で、これに女性関係とか子供のことといろいろ絡んでゐるが、それは省略する。この作品を前に読んだのはいつのことか忘れてしまつたが、最后の一行を読み了へたとき、いい味の作品を読んだ実感があつた。最后の文章は殊に気に入つてゐる。

「さうして、涼しい風のやうに渡瀬ドクトルも永久に何処かへけし飛んでしまつた」

かう云ふ文章が書けるといいが、書かうと思つてもなかなか書けるものではない。秋声と云ふ作家の年輪を抜きにしては考へられない。

昔読んで感心した作品と云ふのは幾つもある。しかし、暫く経つて読み返してみると案外面白くない。こんな筈ではなかつたと云ふ場合も尠くない。秋声の作品は、どうもその逆ではないかと思はれる。最初読んで、格別の感銘は無い。しかし、時が経つて二度三度と読むと次第に味が出て来る。殊に晩年の短篇にはそんな所があるやうに思ふが、これは読む方の年のせゐなのかしらん？

（一九七五年七月）

珈琲挽き

大分以前のことになるが、仏蘭西へ行つて来た友人から土産に珈琲挽きを貰つた。何でも巴里の蚤の市で買つたとか云ふ話だつたと思ふ。抽斗附の四角な木の箱の上に金属の把手が附いてゐる、よく見掛ける恰好の奴で、散散使ひ込んだものらしく、おまけに脂が浸込んでゐた。多分、アパアトかどこかの狭い台所で、永年に亙つて立登る脂肪の烟に包まれてゐたのだらう。現在は店頭にいろんな珈琲挽きが並んでゐるが、当時は売つてゐなかつたから、珍しいものを貰つた気がして嬉しかつた。

折角珈琲挽きを貰つたのに、飾つて置くだけではつまらない。脂がべとつくから、よく拭取つて、この珈琲挽きで豆を碾いて珈琲を沸すことにした。それが習慣になつて、もう何年も続いてゐる。遅い朝食の后、珈琲を喫みながら、ひととき、ぼんやりしてゐるのは悪くない。ぼんやりしてゐると、いろんなことを想ひ出す。

昔、「メリイ・ウキドウ」と云ふ映画があつた。モウリス・シュヴアリエとジャネツト・マクドナルド共演の映画で頗る面白かつたが、このなかで、酔つたシュヴアリエに執事だつたか誰かが無理に珈琲を飲ませようとする場面があつた。珈琲が酔醒しの薬とはそのとき初めて知つて、おやおや、と思つた記憶があるが、ぼんやりしてゐるとそんな記憶が甦つて、序にレハアルの懐しい旋律も甦る。

ひよつこり、戦争末期の闇屋の話を想ひ出したこともある。このときは気になつたから、念のため古い手帖を引張り出して見たら、昭和二十年五月の所に、闇取引の店、とあつて、こんなことが書いてあつた。

——新橋駅より田村町に向ふ左手の裏通にあり。置屋の跡の由。這入ると三和土の土間にて、奥に箪笥等家財道具らしきものあり。他に箱積上げてあり。紹介ありて行くと、主人、箱を開き、烟草、酒、ウヰスキイ、砂糖、珈琲等何でも望みの品を取出す。

多分、誰かに聞いた話を書留めて置いたのだらう。無論、その頃世間では珈琲なんて日本には存在しないと思はれてゐた。尤も、珈琲はかなり以前から窮屈になつてゐたやうである。あれは確かまだ大学生のときで、軽井沢に野外教練に行つた帰りのことだから、昭和十六年の初夏の頃だつたと思ふ。

その頃、高崎に風変りな珈琲店があると聞いて、軽井沢の帰り、友人と二人、高崎で途中下車した。あちこち探し廻つて、やつと発見した肝腎の珈琲店は白い暖簾を垂したミルクホオルみたいな店だつたから、二人共がつかりした。風変りと云ふのはメニュウのことらしく、一番上等が純毛珈琲、次が一割スフ入り珈琲、続いて二割スフ入り、三割……と下つて行つて、一番下はシロツプだつたから何だか可笑しかつた。無論、われわれは純毛を注文したが、この店には老人が二人ゐて、婆さんが珈琲挽きで豆を碾いて、爺さんが沸したやうな気がする。果して美味かつたかどうか、一向に記憶にない、スフ入り珈琲とは珈琲に何を混ぜたものなのか、いまは見当もつかないが、そんな名前がメニユウに並んだ所を見ると、既にその頃から珈琲は不足し始めてゐたのではないかしらん？

これは戦争中のことだが、信州に行く必要があつて、中央線の莫迦に混んだ列車に乗つてゐたことがある。近くの座席に、眼鏡を掛けちよび髭を生やした五十恰好の男が、細君らしい女と並んで坐つてゐたが、午頃になつたらこの二人は鞄から白いパンを取出して、砂糖をつけて食ひ始めたから吃驚した。無論、当時はパンも砂糖も貴重品で、一般には容易に手に入らない。それは一向に構はないが、この二人共人眼を憚るどころか、寧ろひけらかすやうな態度だつたから、見てゐて好い感じがしなかつた。周囲の乗客も眼を丸くしてゐたが、みんな感心したやうな一種尊敬の眼で視てゐたから何とも不思議でならなかつた。いつだつたか、珈琲に砂糖を入れようとしたとき、ひよつこり、この二人を想ひ出した。想ひ出したら、遠い昔の記憶の筈なのに何故か抵抗感があつて、一瞬、匙を持つ手が動かなくなつた。

（一九七八年十二月）

古本市の本

大分以前のことだが、高田馬場駅前の広場に古本市が立つたことがある。いまは広場も舗装されて周囲も悉皆面目を改めたが、その頃は砂利が敷いてあつたやうな気がする。その広場に幕を張り回らして、古本屋の露店が沢山並んでゐた。古本市のことは知らなかつたが、知人が教へて呉れて一緒に行つた。

そのときは古本市で、「現代ユウモア全集」の端本が四冊あつたからそれを買つた。一冊は戸川秋骨集、一冊は牧逸馬集、あとの二冊は佐々木邦集である。他に欲しい本が無かつたのかどうか、その辺のところは忘れたが、何だかみんな懐しい名だから買ふ気になつたのだと思ふ。発行所は小学館・集英社内「現代ユウモア全集刊行会」となつてゐて、昭和三年から四年に掛けて刊行されてゐる。装幀挿画には石井鶴三、水嶋爾保布、田中比左良と云ふ名前があるから、これも懐しい。

買つてから知人と酒場へ行つたら、四冊の本を見た知人が、

――面白い本を買ひましたね……。

とにやにやした。知人も何か二、三冊買つて持つてゐたが、何でも難しい本ではなかつたかと思ふ。序に云ふと、幾許だつたか憶えてゐないが、知人の買つた難しい本一冊の値段よりも、四冊足した値段の方が遥かに安かつた。

佐々木邦の名前は子供の頃から知つてゐた。少年雑誌で読んで、なかなか面白かつた記憶がある。佐々木邦は明治学院の昔の高等学部を出てゐるが、「明治学院」を出ては「飯が食へん」と云つたと云ふ話が、伝説として明治学院に残つてゐた。それから、佐々木邦は学生の頃硬骨漢で、気障な賀川豊彦に鉄拳制裁を加へたと云ふ話も伝へられてゐた。確か中学の英語の時間に、年輩の先生からそんな話を聞いたやうな気がする。

これは大分后になつてからだが、佐々木邦の「人生エンマ帳」と云ふ随筆集を見たら、御本人がちやんと次のやうに書いてゐた。

「明治学院卒業後実業界に入るつもりだつたが、メイジガクイン、メシガクエンという洒落のやうな伝統があつた」

洒落のやうな伝統があつた、と云つて澄してゐるから何だか可笑しい。もう一つ、鉄拳制裁の方だが、随筆集のなかで佐々木邦は、殴つたのは私ではない、と事の次第を明らかにしてゐる。

幾ら明らかにしても、伝説と云ふ奴は一朝一夕に引繰返らない。だから随筆集を読んだ后でも、佐々木邦が賀川豊彦を殴つたと云ふ話がある、と云ふ方が何だか面白い。古本を買つたら、そんなことを想ひ出して、酒場で知人に話したかもしれない。尤も、いまではこんな話自体、悉皆忘れられてゐるだらう。

四冊の本を買つたのはいいが、その裡読んで見ようと思つてその辺に積んで置いたら、いつの間にか視界から消えてしまつた。つまり、そんな本があることも忘れてしまつた。先日、探し物があつてあちこち引繰返してゐたら、四冊の本がひよつこり顔を出したから、おやおや、と思つて古本市で買つたことを想ひ出した。古本市へ行つた日は強い風が吹いてゐて、張り回された幕が矢鱈に風に煽られてゐた。そんなことも想ひ出した。

何だかほつたらかして置いて申訳無かつたやうな気がするから、探し物は一時中止して、戸川秋骨集を箱から出して見た。秋骨の本は「楽天地獄」と云ふのである。目次を見ると「ケエベル先生」と云ふ題名が眼に附いた。漱石に同じ名の小品があつて、昔読んだことがある。そんな記憶があつたからだらう、秋骨はどんなことを書いてゐるのかしらん？　何となく読み出したらたいへん面白い。「ケエベル先生」の他にも二つ三つ読んで、その后は最初の頁から改めて読み出して、お蔭で探し物の方は一時延期と云ふことになつた。

秋骨の文章を読むと、帝国大学の学生だつた秋骨はケエベル先生に心酔してゐたらしい。漱石の小品には、当時文科の大学生の大多数はケエベルを尊敬してゐたと書いてある。その点、秋骨も人後に落ちなかつたらしい。或は最も尊敬してゐた一人だつたかもしれない。心酔する余り、ときどきケエベルの家に押掛けて行つて夕食を御馳走になつてゐる。これは先生が来るなら夕食を食ひに来いと云つたからで、一度午后行つたら、午睡の邪魔をしに来るとは何事か、と叱られたさうである。

夕食のときケエベル先生は酒を出すが、秋骨は酒は一滴も飲めない。酒が飲めないから関心も無いと見える。先生は五、六種の酒を前に置いたと書いてあるが、その五、六種の酒に就いて何の説明も無いのは甚だ物足りない。ケエベル先生は酒を飲むと御機嫌になつて、酒が飲めないなんて莫迦な奴だ、学問をする者は酒を飲まなくちや不可ん、と得意だつたと云ふから可笑しい。酒の飲めない秋骨に先生はソオダ水を出して呉れたさうだが、先生は大分酩酊したと見えて、お前、ソオダ水にはこれを混ぜるものだ、と云ふとウヰスキイをどくどくと注いだので秋骨は大いに閉口したと書いてゐる。

学校の講義の終つた后、秋骨はケエベル先生とよく便所で一緒になつたさうだが、先生は用を足しながら、スピノザは難かしいかね？　なんて訊く。用を足しながらでは返答し兼ねるやうな質問をされるので、これにも閉口した、そんなことも書いてある。如何にも尤もな話で、読んでゐて可笑しかつた。

他にもいろいろあるが、もう一つ、何でも追試験のときださうだが、或る学生が何を訊かれても答へられない。答へられなければ無論落第だが、そのときケエベル先生は学生に向つて、それでは君に答へられる質問をするから答へてみろ、と云つて、

――君は何点欲しいのか？

と訊いたのださうである。学生は正直に、六十点欲しいのです、と答へたら先生は、よろしい、と云つて六十点附けたと云ふ。今日こんなゆつたりした気分の先生はあるまい、秋骨はさう書いてゐるが、更に下つた現在から見ると文字通り隔世の感がある。尤も、この話は又聞きだから真偽は保証出来ない、と秋骨は断つてゐる。

秋骨の「ケエベル先生」を読んだら、見たことも無い昔の人が、急に身近に感じられて面白かつた。漱石の小品もなかなかいいが、漱石の場合は何となく正式訪問と云ふ感じの文章だから、無論、秋骨の「ケエベル先生」とは違ふ。秋骨は「先輩」と云ふ文章のなかで、漱石の想ひ出話も書いてゐる。戸山ケ原の射的場近くで偶然会つて路上で立話を始めたら、その立話が長長と続いたと云ふ話だが、それは割愛する。何でも漱石の死ぬ二ケ月前のことださうである。

（一九七九年三月）

盆　栽

近所に植木屋があつて、ときどき行つて見る。植木屋と呼んでゐるが、先方はちやんと何某園芸店と看板を出してゐるから、植木屋と云つては不可ないのかもしれない。無論、植木溜もあるが、表の広い所には一面に色とりどりの草花の鉢が並べてあつて、見た眼にはなかなか美しい。その奥には長い棚が並んでゐて、その上に大小の盆栽が沢山載せてある。草花の所には女性が多いが、盆栽の棚の辺にゐるのは専ら男ばかりで、長いこと盆栽と睨めつこをしたり、鉢を手に取つて眺めたりしてゐる。

知合の植木職人の親爺がゐて、これが盆栽に凝つてゐた。一度、見に来いと云はれて、大分以前のことだが見に行つたら、小さな庭に棚が何段も出来てゐて、その上に夥しい数の盆栽がびつしり並んでゐたから吃驚した。みんな莫迦に小さな鉢だから、

——随分、小さいんだね……。

と云つたら、親爺は小さく造るのが難しいのだと偉さうな顔をして、いろいろ講釈して呉れた。此方は門外漢だから、ああ、さうかい、と聴いてゐたが、聴いてもどこがいいのかさつぱり判らない。親爺には気の毒した。いま以て一向に判らない。折角見に来て呉れたのだから、と思つたのかどうか知らないが、帰るとき親爺は、

——これをどうぞ……。

と小さな盆栽を一つ呉れた。

何の盆栽だつたか忘れたが、要らない、と云ふのに無理に寄越したから持つて帰つたが、それがどうなつたか憶えてゐない。多分、枯らしてしまつたのだらう。親爺も大体見当が附いたと見えて、それからは盆栽の話はしなくなつた。この親爺は去年八十幾つで死んだが、死んだと聞いたとき、あれはどうなつたかしらん？　庭にあつた夥しい数の盆栽を想ひ出して、何だか淋しい気がしたのを憶えてゐる。

いつだつたか、これも大分前のことだが、近県の料亭で宴会があつた。いまはどうか知らないが、その頃はその料亭は田圃の外れのやうな所にあつて、確か川魚料理の看板を出してゐた。

この料亭の庭に盆栽が沢山あつた。広い庭に大きな棚が何列にも並んでゐて、棚の上に鉢が沢山載せてある。親爺の棚の小さな奴と違つて、みんなかなり大きい。殆ど松ばかりだつたと思ふ。ははあ、随分あるな、と思つたが、格別関心は無いからわざわざ庭に出て見ようとは思はなかつ

た。

遠くの方に低い連山があつて、陽が落ちたところでその辺の空が赤く染つてゐる。

──綺麗な夕焼だな……。

盆栽より夕焼空に感心してゐたのではないかしらん？

その裡に暗くなつて、暗くなつたら漸く顔が揃つて、それから酒を飲んだ。飲んでゐると、近くにゐた年増女中が、庭の盆栽を見たかと訊くから、廊下から見たと云ふと、庭に出てよく御覧になればよかつたのに、と残念がつた。

──随分、いいものもあるんださうですよ。折角いらしたのに……。

いいものも悪いものも区別が附かないのだから、さう云はれても困る。女中の話を聴くと、一鉢何十万円する奴もざらにあると云ふから吃驚した。いまなら何百万円と云ふ所かもしれない。何十万円と聞いたら、近くの二、三人が、どれどれ、と立上つて見に行つたから可笑しかつた。女中は何十万円を強調して、これだけ揃つてゐる所は他に無いとか云ふが、どうも何十万円が面白くない。そこへ見に行つた連中が戻つて来て、暗くてさつぱり判らなかつたと云つた。女中は折角の何十万が見られなくてお気の毒様と云ふ顔をしてゐる。

会が終つて、帰途は若い友人の車に乗せて貰ふことになつたから、洵に都合が好い。土産に盆栽を一つ頂戴して帰らうと思ふ。別に欲しい訳ではないが、矢鱈に自慢されたのに、知らん顔をして黙つて帰つては却つて失礼ではないかしらん？　いまならそんなことは考へないが、当時はまだ若かつたからさう考へた。

暗い庭へ廻つて、棚の所に行つて手近の鉢に手を掛けて吃驚した。びくとも動かないのである。何とも不思議でならない。調べて見たら、鉢はみんな太い鉢金で固く棚に縛りつけてあつた。何だか味気無い。

——先生、不可ませんよ……。

暗がりで女の声がしたから二度吃驚したが、知らぬ間に先刻の年増女中がこつそり随けて来たらしい。憮然として、動かないね、と云つたら女中は、ほほほ、と笑つた。先方だつて何十万円を、どうぞお持ち帰り下さい、と云ふ筈は無い。そんな意味の、ほほほ、だつたと思はれる。

（一九七九年五月）

夏の記憶

二年ばかり前、庄野英二さんの『にぎやかな家』が講談社文庫に入つたとき、「にぎやかな家を読んで」と云ふ感想文を書いたからそれは繰返さない。『にぎやかな家』は自由闊達な筆で書かれた洵に面白い佳い作品だが、これを読むと、庄野さんは子供の頃から花が大好きだつたらしい。「畑」と云ふ文章を見ると、それがよく判る。花が好きだと云ふことに関聯して、以前英二さんの弟の潤三君から聞いた話がある。この話は感想文のなかにも書いたから重複するが、お許しを願つてもう一度書く。

何でも潤三君が一戸を構へたとき、英二さんから手紙を貰つた。一年中、庭に花を絶やさないやうにするにはどうすればいいか、それには何月には何の種を蒔くといい、何月には何の苗を植ゑるといい、その手紙に懇切叮嚀に書いてあつたさうである。その話をしたとき潤三君は、

——兄は花が大好きでね……。

と云つた。花の好きなのは詩人だ、昔、佐藤春夫がそんなことを云つてゐる。潤三君の話を聞いたら佐藤春夫のその言葉を想ひ出して、庄野英二さんも詩人なのだらう、何となくさう思つた記憶がある。庄野さんが詩人であることは書かれたものを見れば直ぐ判るが、現に庄野さん自ら詩人と称してゐるから間違無い。「はまゆうとたんぽぽ」のなかに、「北海道の想ひ出がこもつてゐて、そして詩人にふさはしいもの」とちやんと書いてある。

詩人にふさはしいものとは、北海道旅行の土産に持帰つた古い馬の蹄鉄とハンカチ一杯のたんぽぽの種子のことだが、庄野さんは田舎の村の鍛冶屋でその蹄鉄を貰つたと書いてゐる。僕自身、一時蹄鉄を手に入れたいと思つたことがあるから、これを読んだときは頗る愉快な気がして、同時に羨しかつた。以前英吉利へ行つたとき、田舎町で蹄鉄型の鉄のノツカアを見附けて歓んで買つたが、鍛冶屋を探して古い蹄鉄を譲つて貰ふことは夢にも考へなかつた。いま考へるとたいへん残念な気がする。

いつだつたか庄野さんから、和歌山の田舎に古い農家を買つたと云ふ話を聞いたことがあるが、その前は、夏は信州の御代田で過されてゐた。庄野さんとは普段お会ひする機会は滅多に無い。偶にお会ひしても東京の街のなかだが、一度、横田瑞穂さんと一緒に御代田に庄野さんを訪ねたことがある。もう十数年前のことになると思ふが、そのときの庄野さんは、無論詩人に相違無いが、また庄野画伯でもあつた。

十数年前の夏、信州の追分に行つて横田さんを訪ねたら、

——庄野英二さんが御代田に来てるんだけど、一緒に行つてみませんか？

と横田さんが云つて、そのとき初めて庄野さんが御代田に来てゐることを知つた。庄野さんは御代田が気に入つてゐて、定宿もあつて、夏になるとその宿に逗留する、そんな話をそのとき横田さんから聞いて、最初は意外な気がしたかもしれない。関西の庄野さんと信州の御代田が、直ぐ結び附かなかつたせゐだらう。

早速庄野さんを訪ねることにして、その翌日だつたか、横田さんと一緒に追分からバスに乗つて御代田に行つた。庄野さんの定宿は井幹屋と云つた。行く前に横田さんが電話で庄野さんに連絡したのだらう、迎へに出た庄野さんに、さあ、どうぞどうぞ、と案内されて奥まつた一室に通つたら、部屋の周囲にずらりと油絵が立て並べてあつたから吃驚した。

——展覧会ですか……。

横田さんが眼を丸くしたら、個展を開きましたとか云つて庄野画伯が大きな声で笑つた。何れも庄野さんが御代田で描いた絵と云ふことで、なかなか良かつた。その作品を、われわれ二人を歓迎する意味で庄野さんが並べて見せて呉れた訳で、このもてなしは愉快でたいへん好い感じがした。

井幹屋は「ゐげたや」と読む。これは庄野さんに教へて貰つたから知つてゐるが、この井幹屋

は田舎風の素朴な感じの宿屋で悪くなかつた。庄野さんの泊つてゐたのは床の間附の八畳か十畳の座敷で、その宿の一番上等の部屋だつたのではないかと思ふ。その座敷に坐つた庄野さんは何となくしつくりをさまつた感じがあつて、まるで御自分の家にゐるやうに振舞つてゐる。お蔭で此方の二人も、庄野さんの家の客になつたやうなのんびりした気分になつた。多分、庄野さんはその宿がたいへん気に入つてゐたのだらう。

座敷の縁の先は庭になつてゐて、その先に確か板塀があつた。庭に何か花が咲いてゐたやうな記憶があるが、何の花だつたかはつきり想ひ出せない。それから、油絵に囲まれて、庄野さんから佐藤春夫の話を聞いたやうな気もするが、これも余り確かでない。ビイルを飲みながら話してゐると、板塀の上に蒸気機関車の上半分が現れて、烟突から烟を吐いて、ぴいと汽笛を鳴らして消えてしまふ。この景物はちよつと面白かつた。

これは暫く経つてからだが、いつだつたか列車で御代田を通過したとき、ひよつこり庄野さんを想ひ出して、

——井幹屋はどこかしらん？

窓から探したが、残念ながら見当らなかつた。尤も、方角となると全然駄目な方だから、案外、反対側の方を見てゐたかもしれない。

この日はビイルを御馳走になつて、二時間程ゐて失礼したと思ふが、帰る前に庄野さんから色

紙を一枚貰つた。別に改つた色紙ではない。追分から見て御代田がどの辺になるのか判らないから訊いてみたら、庄野さんは手許の色紙の一枚に鉛筆で気軽に絵を描いて呉れた。案内図と云つてもいい。

その色紙はいまも持つてゐるから、念のため出して見たら、十数年前の夏の風が吹いて来るやうな気がした。正面に大きな浅間山が描いてあつて、その下に道が一本左右に通じてゐる。旧中山道で、道に沿つて中央に油屋、その少し右に横田、堀と並べて書いてある。油屋は追分の宿屋で、堀と云ふのは故堀辰雄の家で、これは横田さんのお隣である。左手の方で道が二股に岐れてゐる所は「わかされ」で、下の道には、至みよた、井幹屋庄野と書いてある。右手の方には、至うすい、ぐんま、とある。一目瞭然、これなら方角に駄目な人間でも直ぐ判るから大いに感服した記憶がある。

帰るときは、井幹屋の女中がちやんと追分迄のバスの切符を売つて呉れる。何だか井幹屋のバスで送られるやうな感じで可笑しかつた。そのバスで追分に戻る途中、蕎麦の白い花が咲いてゐたのを憶えてゐる。それからもう一つ、小さな製材所があつて、その前の所で母親らしい女が、ちつぽけな男の子に小便をさせてゐた。子供を抱へて、可愛いちんぽこを指で持上げてやらせてゐる。二人共笑つてゐたのは母親が、ほら、よく飛ぶだらう、なんて云つてゐたのではないかしらん？　想ひ出したから書いたが、何故こんなつまらんことを憶えてゐるのか判らない。

（一九七九年八月）

標識燈

昔、某先生がこんな話をされた。書斎の傍に生垣があるが、生垣の外の道路に車を駐める不心得者がゐる。夜中に長いこと、ぶるん、ぶるん、と変な音をさせたり、二、三人で立話をしたり、ばたん、と大きな音を立ててドアを閉めたり、洵に苦苦しい。

同席してゐた誰かが、それは怪しからん、警察に届けて取締つて貰つたらいいでせうと勧めると、先生は、

——うん、交番に届けたんだが……。

一向に効目が無い、と苦虫を嚙み潰した顔をされた。それから何日か経つて、年下の友人と酒を飲んで、往来へ出て車を待つてゐると、路傍に「工事中」だつたか「通行止」だつたか忘れたが、そんな文字を書いた標識が置いてあるのが眼に附いた。専門用語を知らないから標識として置くが、それを先生の所へ持つて行かうと思ひ附いた。いまならそんな真似はしないが、まだ若

い頃だから仕方が無い。車が来たから、

——おい、頼むぜ。

若い友人に手伝つて貰つて、その標識を車に積込んだ。運転手が何か云つたやうな気もするがよく憶えてゐない。先生の家の傍迄行つたら、生垣の前に車は駐つてゐなかつたから都合が好い。そこに標識を置いて、知らん顔をして帰つて来た。暫くして先生を訪ねたとき、念のため生垣の所を見たが標識は無かつた。何だか気になつたが、

——あの標識はどうなりましたか？

真逆、そんなことは訊けない。一体、あの標識は多少は効果があつたのかしらん？

いつだつたか、夜更に表通で車を降りて家に帰らうとすると、ちやうど何かの工事をやつてゐたときで、高さ一米ばかりの標識燈の柱が何本も並んでゐて、黄色の灯が明滅してゐた。どんな仕掛か知らないが、何だか面白い。試みに片手でその一本を持つたら案外軽くて、何の障害も無いからその儘家の前迄持つて来た。門の前に置いて、玄関に出て来た家の者に、

——どうだ、あれ、面白いだらう？

と自慢したら、家の者は眼を丸くした。

——どこから持つて来たんですか？

と訊くから、表通からだと教へてやつて、睡いから直ぐ寝てしまつた。后で聞くと家の者は、

その標識燈をわざわざ元の場所に戻しに行つたのださうである。成程、朝になつて、家の前で黄色の灯が点いたり消えたりしてゐては、これは具合が悪い。

（一九七九年十二月）

「塵紙」

昔、まだ学生の頃だが、川崎長太郎氏の「裸木」と云ふ短篇集を買つて持つてゐた。友人に徳田秋声の甥の矢嶋と云ふ男がゐて、一緒に学校附近の古本屋に行つたら、棚にあつた「裸木」を指して、この作者は、

——秋声の弟子なんだ。

と教へて呉れた。それで何となく買ふ気になつたのだと思ふ。出版元は砂子屋書房で、確か樺色の表紙の函入の本だつた気がするが、何しろ四十年近い昔の話だからはつきり憶えてゐない。この本は戦争中疎開するとき、他の本と一緒に売つてしまつたから、いま手許に無い。想ひ出すと残念な気がする。「裸木」の他にどんな作品が収録してあつたか忘れてしまつたが、一つ、「鼻紙」と云ふ極く短い作品があつて、これは憶えてゐた。

日に何十遍も洟をかむ男がゐて、矢鱈に鼻紙を必要とするので、心掛けて安い奴を買つてゐる。

或る晩、一軒の雑貨屋の前を通り掛ると、店先に可愛らしい女の子が二人坐つてゐた。生憎その店には安い奴は無かつたが、子供が余りにも可愛らしいので、奮発して少し高い鼻紙を買つて暗い坂路を上つて行く。

ただそれだけの話だが、これが妙に印象に残つた。早速矢嶋に読ませたら、矢嶋も、うん、いいな、と云つた。これは最近の話だが、先日、河出の平出君と話してゐて、昔、川崎長太郎氏の「鼻紙」と云ふ短篇を読んだことがあると云つたら、平出君にそれは「塵紙」だと訂正されたから面喰つた。印象に残つた作品の題名を、長い間間違つて記憶してゐた訳で何とも申訳無い。

もう二十年ぐらゐ前のことだが、熱海の双柿舎で会があつて、帰りに小田原で下車したら、同行の浅見（淵）さんが、川崎長太郎の行く店に案内してやる、と云ふので四、五人で随いて行つた。駅近くの安食堂とか書かれた文章には馴染だつたから、どんな所へ連れて行かれるのかと思つてゐたら、意外に大きな構のちやんとした店なので呆気に取られた。

――立派な店なんで、吃驚したらう？

浅見さんはさう云つて、面白さうに笑つたのを憶えてゐる。その「だるまや」で酒を飲んで、浅見さんに「塵紙」の話をした記憶があるが、そのときも「鼻紙」と云つたのだらう。訂正したいが、浅見さんは既にこの世に亡い。

（一九八〇年三月）

追憶

昔、一度上林さんのお宅を訪ねたことがある。確か友人の吉岡と一緒だつたと思ふが、判然としない。念のため、吉岡に電話を掛けて訊いてみたら、

——あのときは、確か井伏さんも一緒だつたよ……。

と云ふ返事で面喰つた。さうなると、吉岡と二人、井伏さんのお供をして行つたのかもしれない。あれはいつ頃だつたらう？　と訊くと吉岡が、上林さんが病気になる前だから随分昔の話だと云つた。そのときのことで憶えてゐるのは、本箱に本が並んでゐたが、それがただ並んでゐると云ふのではなくて、一冊一冊上林さんが大事にしてゐるといふ感じで、本がそんな顔をして並んでゐた。何故そんなことを憶えてゐるか知らないが、多分、珍しく好い感じがしたからだらう。

このときか、別の将棋会のときか忘れたが、上林さんと将棋を指して負けたことがある。失礼だが上林さんは余り強さうには思へないので、勝てさうだと思つて指してゐたら、かうやると詰

になるけれど……、と上林さんが云つた。見ると、此方の王様は詰められてゐてたいへん驚いた。

これも昔、或る年の新学期が始まつたときだが、その頃教へてゐた理工科の或るクラスに行つて出席簿を見てゐたら、徳広、と云ふ名前があつた。徳広と云ふ姓は珍しいのかどうか、滅多に会はない。知つてゐるのは、徳広巌城の上林さんしか無い。その姓を見たら、上林さんが浮んだから、若しやと思つて、

——君は上林さんの……。

と訊いたら、その学生は点頭いて、周囲の学生は面白さうな顔をした。

初めて短篇集を出して、昭和二十九年末に中野の「ほととぎす」でその出版記念会があつたとき、上林さんも出て下さつた。そのとき、息子が学校で教へて貰つて、と話をされたが、それでわざわざ出て下さつたのかもしれない。上林さんはその二年程前に最初の病気で倒れて、まだ健康体ではなかつた筈だから、出て頂いて却つて恐縮した。

お葬式の日、焼香を済せてから境内に立つてゐたら、黒服を着た一人の女性がやつて来て、しげしげと此方の顔を見る。知らない人だと思つてゐたら、その女性が、よしこです、と名乗つたから驚いた。昔、荻窪で同名の飲屋をやつてゐた女性だが、肥つて眼鏡なんか掛けたからさつぱり判らない。

——暫くだな……。

挨拶してから、昔、上林さんがよつちやんの店に来たことがあると想ひ出した。翌日、よつちやんの名前の出て来る上林さんの文章があつた筈だと思つて探したら、「草餅」に出てゐた。題は「木山君の死」と云ふのである。

（一九八〇年九月）

幻の球場

多分、昭和二十六年の五月頃だつたと思ふが、近所の旧中島飛行機工場跡にグリイン・パアク球場と云ふ大きな野球場が完成した。うちから近いから、ちよいちよい野球見物に出掛けたが、遠くの人は大抵汽車で見物にやつて来た。中央線の武蔵境駅から中島工場迄、鉄道の引込線が来てゐる。無論、以前の工場関係の荷物輸送に使はれたものだが、それを野球の観客を運ぶのに転用したのである。だから野球見物に来る人は、武蔵境から白い烟を吐く機関車の索く汽車に乗つて、しゆつしゆつぽつぽ、と野球場にやつて来た。こんなことが出来たのも、グリイン・パアク球場が国鉄スワロウズの球場だつたせゐかもしれない。

いまなら、機関車の索く汽車に乗るためだけでも人が集まるかもしれないが、当時はそんなものは珍しくも何ともない。球場はいつも閑散としてゐて、満員になつたことは一度も無かつたらう。現に球場開きのときは、巨人・国鉄戦をやつたが観客は五分の入りと云ふところだつたと思ふ。巨人は与那嶺が入団した頃で、千葉、川上、青田、南村等がゐた。国鉄は若い投手の金田が投げたが、川上を三振に打取つたらマウンドの上で手を叩いて喜んだから可笑しかつた。

この球場はプロ野球ばかりでなく、大学野球もやつた。当時は神宮球場は米軍のものになつてゐたから、先方の都合で使へない場合がある。そんなときはこの球場を用ゐた。一度、早明戦だか早法戦を観に行つたら、矢張り見物に来た井上（友一郎）さんに会つたことがある。井上さんが右の方を指して、

——余り大きくありませんな……。

と云ふから見ると、平古場、種田の慶応のバツテリイが学生服を着て並んで歩いてゐた。早慶戦に備へて偵察に来たのだらう。昔は早稲田も強かつたから張合があつたが、近頃は面白くも何ともない。

それから、この球場では高校野球の予選の試合もやつた。夏の暑い盛りだから、麦藁帽子を被つて毎日のやうに観に行つた。下手糞な選手もゐるが、それなりになかなか面白かつた。スタンドで球場関係者に会ふと、あの選手はどこそこの球団が眼を附けてゐましてね、なんて教へて呉れる。そんな話を聞くのも面白かつた。

この球場の関係者には知合が多かつたから、内心応援してゐたが、どうも景気が宜しくなかつたらしい。知らぬ間に国鉄の二軍の練習場になつて、球場に足を運ぶこともなくなつて、どのく

らゐ経つたかしらん？　或るとき、気が附いたら球場は忽然と消えて、その跡に大きな団地が出来てゐたから吃驚した。無論、いつの間にか引込線も消えてしまつた。忽然と現れ忽然と消えたこの球場を、戯れに「幻の球場」と呼んでゐるが、偶に団地のなかを歩いてみても、建物も既に古びてゐて、曾てそこに大きな球場があつたことが夢か幻のやうに思はれる。

（一九八一年十一月）

酒のこと

昔、学生時代友人に石川と云ふ男がゐて、よく一緒に酒を飲んだ。石川は目白の方に下宿してゐたが、ときどき中央線沿線の方へ遠征して来る、そのときは井之頭公園の池畔の茶店でビイルを飲んだ。池畔の大木は戦争中に大分伐られたが、われわれがビイルを飲んだのはそれ以前だから、池畔には大木が鬱蒼と茂つてゐて、飲んでゐると知らぬ間に夕靄が白く掛つて、茶店の婆さんが、

——もうおしまひです。

と云ひに来る。この感じは悪くなかつた。石川は詩を書いてゐて、この茶店ではよく文学の話をしたが、石川はそれを「清談」と称して、また清談のときを持ちたきものなり、なんて書いた端書を寄越した。その頃、石川は芭蕉の「花にうき世我酒白く食黒し」と云ふ句が気に入つてゐて、酔ふと口遊んでは、どうだ、この心境が判るか？　これが判らんやうでは文学は判りません、

と判つたやうな判らないやうなことを云つて威張つてゐた。

公園の茶店が仕舞になると、阿佐ケ谷とか新宿に行つたが、大抵行く店は決つてゐて、阿佐ケ谷ではちよいちよい井伏さんにお会ひした。南口の少し行つた所に何とか云ふ飲み屋があつて、二、三人で行つたら太宰さんが青柳優さんと坐つてゐて吃驚したことがある。

一度、友人二、三人と阿佐ケ谷で飲んでゐて井伏さんにお会ひしたら、一緒に飲まう、と仰言る。井伏さんのお伴をして飲み歩いてゐる裡に開いてゐる店がなくなつて、最後は荻窪の赤提燈を吊した屋台に連れて行かれた。その店には泡盛しか残つてゐなかつたのだらう、生れて始めて泡盛を飲んだ。抵抗無く咽喉を通るから簡単に飲み干したら、井伏さんが、

——君はなかなか見所がある。

と云はれる。酔つて好い調子になつてゐたから、続けて泡盛をコツプで四杯か五杯飲んだら、腰が抜けて動けなくなつた。腰を抜かす、と云ふ言葉は知つてゐたが、自分で腰を抜かすとは考へたことも無かつた。そのときは左右から友人に支へられて、近くの友人の家迄連れて行つて貰つたが、こんなことは后にも先にも一度しかない。

新宿は末広亭の通にあつた樽平と、御苑近くにあつた秋田によく行つた。当時の新宿はいまに較べると話にならないくらゐ狭かつたから、あちこちで知つた顔に出会した。一度、谷崎精二先生の授業をさぼつて、友人と酒を飲んで新宿の通を歩いてゐたら、

――君、君。

と先生に呼び止められた。吃驚して、ぴよこんと頭を下げたら、君、学校にも出なくちや不可ませんよ。ところで、どこで飲んでゐたんですか？　と先生が訊いた。多分、その頃は段段と酒類が不足して来て、梯子酒をするにも何かと差支へがあつたので、どこの店で飲んだのか？　と訊かれたのではないかと思ふ。

多分、昭和十五年の夏だと思ふが、夏休に友人と佐渡へ旅行したら、両津だか相川の酒屋の棚にウヰスキイの瓶が並んでゐたので吃驚した記憶がある。東京の酒屋では既にその頃、ウヰスキイは姿を消し始めてゐたのだらう。白い陶器の瓶に入つたそのウヰスキイを歓んで買つたのは憶えてゐるが、味の方はさつぱり記憶に無い。

ウヰスキイで想ひ出したが、昔、知合の家でスコツチ・ウヰスキイを小さなグラスに一杯だけ飲ませて貰つたことがある。まだ大学に入る前だつたかもしれない。銘柄は忘れたが、口に含むと口中に得も云はれぬ香と味が拡つて、洵に好い気分であつた。当時スコツチは珍しかつたが、近頃は矢鱈に氾濫してゐて手軽に手に入る。飲んでみると、昔の奴とは違ふウヰスキイだから、違ふと判ればそれならそれで水割で飲んでゐればいいだらうと思ふ。

われわれが学校を出たのは昭和十七年九月だが、卒業式が済んでから級の連中で別れの宴を開いた。会場は新井薬師の料亭で、その頃はもう酒は大分不足してゐたと思ふが、料亭の女将が気を効かせて酒を沢山出して呉れた。卒業して兵隊になる者が級の半数近くゐる。それを知つて、出して呉れたのである。そのときは皆で童謡を歌つて、それから肩を組んで校歌を歌ひ、最後に兵隊になる連中を前に並べて「海行かば」を合唱して解散した。

——有難う。

さう云つて涙を浮べてゐた者もあつたが、握手して別れた連中の裡、何人帰つて来たかしらん？

酒は愉快に飲むのが好きだが、偶に深夜独りで飲んでゐると、先に逝つた遠い昔の仲間が姿を現すことがあつて、暫くその連中と話をすることもある。

（一九八三年四月）

人違ひ

先日、若い某君と話をしてゐたら、何かの話の序に某君が、昔は荻窪駅に陸橋があつたさうですね、と云ふ。うん、あつた、と云つて陸橋のあつた頃の話をしてゐる裡に、一人の女のことを想ひ出したのでその話をした。もう何年前になるかしらん？

昔、陸橋のあつた頃のことだが、或る晩、清水町先生と荻窪で酒を飲んだ。先生の命名した北口の後家横町が全盛の頃で、多分エスカルゴ辺りで御馳走になつたと思ふ。遅くなつたからお先に失礼しようとしたら、先生がもう一軒附合へと仰言る。鮨屋に行くことにして、先生と一緒に夜更の町を歩いてゐたら、暗い横町から一人の女がふらふらと現れて、

——ああら、お珍しい。

と先生の袂を摑へた。三十ばかりの女で、かなり酔つぱらつてゐた。

——お前なんか知らないよ。

先生は甚だ心外らしい顔をされたと思ふ。

——へん、お恍けでないよ。あたしや、ちやんと知つてますからね。魚釣りのたらじ先生ぢやないか……。

或はたらじ先生ではなくて、ふなじ先生と云つたかもしれないが、その辺の所は判然としない。先生は眼をぱちくりさせて、さうか、お前さんは南口のベラミの人だらう？　と云ふと、女は偉さうな顔をして、

——へん、ベラミぢやないよ。南口は喜楽のお姐さんだよ。

と威張つたから可笑しかつた。それから猫撫声になつて、ねえ、先生、うちで飲まうよ、うちにおいでよ、なんて云つてゐたが、

——ねえ、あんたもいいだらう？

突然、此方に飛火したから驚いた。冗談云つちや不可ないよ、もう遅いから帰るところだ、女を追払ふ心算でさう云つたら、清水町先生は即座に相槌を打つて、

——さうだ、帰るところだつたんだ。お前さんは南口だから駅を抜けて行くんだらう？　この人が一緒に行つて呉れるよ。ぢや、君、さよなら。

その儘、先生は当方を置いてき堀にしてとことこ歩いて行つてしまつたから面喰つた。そんな筈では無かつたと思つて先生の後姿を見てゐたら、女は今度は小生の腕を摑へた。振り解かうと

したら、きやあ、と頓狂な悲鳴をあげて獅噛みついたから、その辺の人が振返つて見る。みつともないこと夥しい。二、三度、きやあ、をやられたから止むを得ない、観念して女と腕を組んで駅迄行つて、入場券を買つてやつた。それから陸橋を上つて、中央の階段の所で南口へ行く女を漸く追払ふ迄女は腕を放さなかつた。而もその間、唄を歌つたり、莫迦なことを大声で口走つたりするから人がぢろぢろ視る。頗る閉口した。

それから暫くして、清水町先生と駅近くの鮨屋に行つたら、先夜の女が神妙な顔をして坐つてゐた。連の女と二人でビイルを飲みながら鮨を摘んでゐたが、先生を見ると黙つて叮嚀にお辞儀をした。淑女みたいに取澄してゐるから、ちやんちやら可笑しいと云ひたい。一言文句を云ふ心算で、こなひだはひどい目に遭はせたな、と云ふと、女はちよいと小首を傾げて、

——あら、人違ひぢやございません？

と云ふのである。知らん顔をしてゐればよかつた、と思つてももう遅い。（一九八三年九月）

小山さんの端書

片附事をしてゐたら、昔、小山さんから貰つた端書が三枚と、小山さんの出版記念会の案内の端書が一枚出て来た。みんな昔の端書だから、いまの端書より判が小さくて、古ぼけて大分黄色になつてゐる。何故とつてあつたのかよく判らないが、何だか懐しい。案内状の文面は左の如し。

拝啓　初夏の候となりました。益々御健昌のことと存じます。此度小山清君の最初の創作集「落穂拾ひ」が筑摩書房より刊行されました。ついては同君の長い間の労苦の結晶に対し、友人一同集つて盛んなお祝ひをいたしたいと存じます。御出席下さるやう御案内申し上げる次第です。

時日は六月三十日午後六時、場所は文藝春秋新社地下室（文春クラブ）、会費は千円となつてゐる。発起人は井伏鱒二、石川淳、臼井吉見、亀井勝一郎、河盛好蔵、古田晁、阿川弘之、戸石泰一の諸氏である。

古ぼけた案内状を眺めて、それからその晩の盛会の様子を想ひ出さうとしたところが、不思議なことに全くの空白で、何一つ浮んで来ない。これには驚いた。かう物忘れがひどくなつたとは知らなかつた、と憮然とする。案内状の往復端書には消印が附いてゐない。理由は簡単で、友人で発起人の一人である戸石泰一がうちに遊びに来て、

——この会、頼みますよ。

と往復端書を置いて行つたのである。それはちやんと憶えてゐるのに、肝腎の会のことがさつぱり想ひ出せないから情無い。

有耶無耶にするのは面白くないから、「落穂拾ひ」の出た年、つまり昭和二十八年の古い手帖を引張り出して、六月三十日の所を見て二度吃驚した。熱下らず、小山氏の出版記念会出られず。寝床でクロフツの「樽」読む、と書いてある。前日の二十九日から熱を出して臥てゐたらしく、寝床で探偵小説を読んでゐた人間に、出席しなかつた会の様子が想ひ出せる筈は無い。それを出席したものと極込んで想ひ出さうとしたのは、一体、何と云つたらいいのかしらん？　改めて憮然とした。

小山さんの端書の二通はどつちも昭和二十八年のもので、一通は消印が二月十一日附になつて

ゐる。

お世話をおかけしました。市役所に行つて、話をきゝ、とても駄目なので、申込みは、断念したのです。こんど、いゝ折りがあつたら、申込まうと思つてをります。いろいろ、すみませんでした。おひまのときは、お立寄り下さい。奥さまによろしく、御鳳声下さい。

詳細は忘れたが、確か市営住宅か何かで入居者を募集してゐると云ふ話を聞いて、それを小山さんに伝へた。その結果が駄目だつたと云ふ報告だが、その頃、小山さんは結婚して、奥さんと一緒に吉祥寺の或る家に間借してゐたが、何かと不便なことが多かつたのではないかと思ふ。その后練馬区関町の方の住宅に入れたが、あれはいつ頃のことだつたらう？

その後、御無沙汰してゐます。けふはまた、御心添へを有難うございます。浅見氏の住所は、山梨日日の小林さんに、皆さんのと一緒に、お知らせしましたから、きつと届いてゐると思ひます。若し、昨日にでも貴兄が浅見氏から、まだ届かないやうなお話を聞いたのでしたら、貴兄から小林さんへ一寸知らせてあげて戴けませんか。いづれ。

これは十月十六日附の消印のある端書の文面である。この年の十月三十一日、甲州の御坂峠で太宰治文学碑の除幕式が行はれたが、案内状の発送とかその他の仕事は、当時山梨日日新聞にゐた小林富司夫氏が取り仕切つた。或る晩、浅見（淵）さんと酒を飲んでゐて、太宰さんの文学碑の除幕式の話になつたら、

——僕の所にはその案内状は来てゐない。ひとつ、送るやうに話して呉れないかね。

と浅見さんが云ふ。そんな筈は無いと思ふが、一応訊いてみませう、と云ふ訳で小山さんに問合せた。これも詳細は判然としないが、多分、そんなことで小山さんが返事を呉れたのだと思ふ。当日は大月から富士吉田迄、除幕式行の貸切電車が出て、浅見さんもその座席に坐つて御機嫌だつたから目出度し目出度しだが、案内状の件は実は浅見さんの黒星で、ちやんと届いてゐたのに、浅見さんがうつかりして忘れてゐたのである。后で浅見さんは、やあ、失敬、失敬と云つた。

この除幕式のときは賑かで、いろいろ想ひ出すこともあるが、これはまた別の話と云ふことにする。

確か昭和三十三、四年頃ではないかと思ふが、小山さんは失語症と云ふ病気になつた。暫く小山さんに会はずにゐたから、病気のことも知らずにゐた。或る日、吉祥寺でひよつこり小山さんに会つた。久し振りだから一緒に珈琲店に行つて話をしたが、話の歯車が嚙合はない。例へば、井伏さんや亀井さんのやうな親しい人の名前も口に出して云へない。どうも怪訝しいと思つたら、

小山さんが、
――病気です。
と云つたので吃驚した。別れてからも何だか気になつて、或は小山さんに便りを出したかもしれない。三番目の端書は、その后で貰つたものだと思ふ。

こなひだは、失礼いたしました。僕は四年越しになりますが、まだ、変んてこりんです。漢字がなかなか読めないのです。すこしはよくなつてきました。「豚小間切れ」と不意に口にいへなくなり、店の人にまごつひてしまひます。なんだか変んなのですが、すこしづゝ、書いて、ゆきます。どうも、有難うございます。

消印の日附は三十七年六月十六日である。前の二通はインクの色も濃く、しつかりした力強い字で書いてあるが、これはインクの色も淡く、何となく元気の無い字で書かれてゐて、かう云ふ字で書かれた、かう云ふ文面の端書を見ると、何とも淋しくて不可ない。

（一九八六年二月）

松本先生

昔、中学を出て上の高等科に入つて間も無い頃だが、教室でぼんやり考へ事をしてゐて、先生にひどく叱られたことがある。松本と云ふ先生の英語の時間で、これは講読と云つて先生がテクストを読んで訳を附けるのを学生は黙つて聴いてゐる。何を考へてゐたのか記憶に無いが、いま書いてゐて、一体、何を考へてゐたのかと無闇に気になり始めたが、これに拘泥するとこの文章が終らない。これはまた別の話と云ふことにしたい。多分テクストはそつちのけで、考へ事をしながら窓外の新緑でも見てゐたのだらう。小人数の級だつたから当然先生の眼に留つて、その態度は眼に余るものと映つたに相違ない。

——そんな不心得者は私の講義を聴かなくてもいい。出て行きなさい。

先生はさう云つて怒つた。出て行つたか、出て行かなかつたか忘れたが、その次の週、何となく教室に坐つてゐたら、先生は先週のことは忘れたやうな顔をしてゐたから、その儘続けて授業に出たと思ふ。

　叱られたのに云ふのも変だが、松本先生の講読はなかなか面白かつたと云ふ記憶がある。その年は確か英国随筆選とか云ふテクストを読んだが、これには先生の撰んだエッセイが幾つか収録してあつた。どんな随筆があつたか大抵忘れてしまつたが、一つ、雨に関する文章があつたのを憶えてゐる。英吉利の田舎かどこかで長いこと雨が降らない。みんな困つてやきもきしてゐたら、或る日、待望の雨がやつと降つた、と云ふそれだけの話だが、それを読み了つたら、

　——かう云ふ文章の味が判るやうになると、エッセイも面白くなる。

と先生が云つた。そんなことも憶えてゐる。中学を出たばかりの若僧にどの程度理解出来たか怪しいものだが、尠くとも松本先生にエッセイを読む眼を開けて貰つたとは云へるだらう。

先生が編者の随筆選もさうだが、当時のテクストは洋書擬ひに出来てゐて、紙質も上等で部厚い奴が多かつた。学生に原書を読んだ錯覚を与へようとしたのかしらん？　この本があると、雨の文章の作者が誰か判るのだが、疾うの昔に失くしたから名前も判らない。些か残念な気がする。

　その翌年だつたと思ふが、松本先生はハアデイの「テス」をテクストに使つて、最後の所の「成就」の数章を読んだ。例に依つて先生が読んで訳すのだが、エッセイの場合とはまた違つた味があつた。大抵の文学作品は教場で読むとつまらなくなるのが通例だが、松本先生の「テス」は寧ろ原作より面白かつたかもしれない。

——春や春、春何とかの……、ええと、何だつたかな、何とかのロオマンス……。

と云つて、先生が自分から笑ひ出したことがある。「テス」が活動写真になつたときの話が出て、弁士の口調を先生が真似て見せたのではなかつたかと思ふ。若しかすると先生は、活動大写真と云つたかもしれない。松本先生は薄い頭を綺麗に撫つけ、鼻下にちよび髭を蓄へてゐた。われわれ学生の眼には老人と映つたが、いま考へると、案外五十をちよつと越したぐらゐの年輩であつたかもしれない。

一度、松本先生と同じバスに乗合せたことがある。先生は座席に坐つてゐたが、隣に坐つたお上さんの背負つてゐる赤坊の顔を覗き込んで、何か話し掛けて笑ふと、つられて赤坊もにこにこ笑つてゐる。先生が何と云つたのか聞えなかつたが、どうせ、あばば、とか何とか云つたのだらう。見てゐて、いい人だな、と云ふ感じを持つたが、そんな先生を怒らせたのだから想ひ出しても申訳無い。「テス」のなかに、白い天井に紅い汚点が出来て拡がるのに気附いて、不思議に思つた宿の女主人が、二階の止宿人の部屋を見に行く所がある。部屋の前迄行くが、どう云ふものか、扉を開けることが出来ない。部屋のなかはしいんと静まり返つてゐて、規則正しく、何か滴る音が聞える。これは実は血の滴る音なのだが、

——ドリツプ、ドリツプ、ドリツプ。

先生はそこの所をゆつくり読んで、それからテクストから顔を挙げると、

——どうだね？

とでも云ふやうにわれわれを見て微笑したのを想ひ出す。

それから二、三年経つて、その頃は大学生になつてゐたが、夏の或る晩、目白の友人の家に遊びに行つたら、池袋の夜店を冷かしに行かうと云ふ話になつて、一緒に出掛けたことがある。夜店を冷かすのは実は口実で、酒場の椅子に坐るのが目的だから、夜店は好い加減に見て歩いてゐたら、向うから浴衣掛の品のいい老人がステツキを突いて歩いて来る。何だか見たことのあるやうな人だと思つたら、それが松本先生で、懐しかつたから、

——先生、暫くです。

と挨拶をした。先生も此方を憶えてゐて、夜店の並ぶ通でちよつと立話をした。多分、先生の住居は池袋の近在にあつて、散歩がてら夜店を冷かすこともちよいちよいあつたのではないかと思ふ。このとき先生は片手にステツキ、片手には夜店で買つた硝子の風鈴を提げてゐて、

——これ、値切つて買つて来たよ。

と笑ひながら、自慢さうにその風鈴を持上げて見せたから可笑しかつた。

先年、英吉利に行つてゐたとき、ストンヘンヂを見に行つて、ひよつこり、松本先生を想ひ出した。ハアデイの「テス」はこのストンヘンヂで逮捕される訳だが、そのせゐだらう、先生は昔御自分が洋行したとき、ストンヘンヂを見た印象を教室で話して呉れたことがある。そんなこと

も想ひ出したが、草臥れてゐたせゐかもしれない、ソルズベリイの広い原つぱに並ぶ矢鱈に巨きな石の群を見たとき、最初は感心したが直ぐ退屈して、先生には申訳無いが何の感慨も覚えなかつた。先生に会つたのは池袋が最後で、その後の先生の消息は知らない。或は疾うに亡くなられたかもしれないと思ふが、風鈴を持上げて見せた先生の笑顔はいまも眼に浮ぶ。

（一九八七年三月）

日夏先生

昔、学生の頃、日夏先生の講義を聴いたが、勤勉な学生ではなかつたから、先生の印象に残つてゐたとは思へない。講義を聴いたと云つても、一年間に四、五回に過ぎない。これは別に当方が怠者で出席不良だつたせゐばかりではない。その頃先生は健康が勝れなかつたから、病気休講の掲示の出ることが多かつた。年に六、七回しか出て来られなかつたのではないかと思ふ。当時は学校ものんびりしてゐて、これは日夏さんではないが、某老先生の如きは滅多に登校なさらない。何故登校しなかつたか理由は知らないが、或はこの老先生も健康を害ねてゐたのかもしれない。この老先生が偶に出講するときは、「本日休講」の替りに「何某先生本日出講」の掲示が出る。

——何だい、珍しいこともあるもんだな、ちよいと覗いて見るか……。

と云ふ訳で、そのときはその教室が満員になると云ふこともある。

これは后で人から聞いた話だが、この老先生は毎年学年末に出す採点表を、締切日が疾うに過ぎてもなかなか事務所に提出しない。事務所も閉口したらうが、この先生のことは心得てゐるから、それにのんびりした時代だつたから、格別目角を立てることも無く何とか適当にやつてゐたのだらう。或る年、この老先生がのこのこ事務所に這入つて来て、

——これを渡して置く。

と締切日前なのに採点表を提出した。前代未聞のことだから、どう云ふ風の吹き廻しかしらん？　と事務所の人が吃驚仰天したのも無理は無い。

——早ばやとお届け下さつて洵に有難う存じます。

と叮重に礼を云つて、老先生が出て行つてからその採点表を見たら、去年の分の採点だつたさうである。あれには全く驚きました、と話して呉れた事務の人も肝腎の老先生も倶にいまは亡い。想ひ出すと、陳腐な云草だが隔世の感を覚える。

英文科の一年になつた最初の時間に、日夏先生はわれわれに向つて一場の訓辞を垂れた。

——文学の道は遠く厳しいものである。好い加減な気持でやれるものではない。諸君のなかには確たる定見も無くふらふらと英文科に迷ひ込んだ者があるかもしれないが、さう云ふ曖昧な気持でゐる人間は、真に文学を愛し、真に文学を学ぶ者の妨げになるから、いまからでも遅くはない、他の学部へ移つて欲しい。

要約すると、こんな意味の話だつたと思ふ。最后に先生は、希望者は申出るがいい、移れるやうに手配して進ぜる、と云つたと思ふが名乗り出る者は一人もゐなかつた。片上さんだつたか吉江さんだつたか忘れたが、日夏さんの先輩、或は先生筋に当る先生が矢張り同じやうな訓辞を垂れたと云ふ話を聞いてゐたから、或はこれはその頃の文学部の伝統だつたのかもしれない。

日夏先生には最初英文学史の講義を聴いた。無論、講義の詳細は忘れてしまつたが、何でも矢鱈に古い所から始つたのは記憶にある。

——人類の最古の根跡は地質学上第四期、これを洪積期、沖積期の二期に分ち、洪積氷河の陸氷は西方部が北海を渡つて……。

例へばざつとこんな具合に進行して行つて、マンモスとかネアンデルタアル人とか出て来るが、肝腎の文学は一向に顔を見せない。これには恐れ入つた。前途三千里の想ひがして、最初から草臥れてしまつたかもしれない。

それから大分経つてからだが、或る時、日夏先生の時間に出てゐたら、

——かの白足袋姿も粋なチヤアルズ・ラムが「エリア随筆」は……。

と先生が云つた。思はず先生の顔を見たら、笑顔ではないが、何だか悪戯つぽい顔だつたから面白かつた。或る日、学校へ行くためにバスに乗つたら、眼の前に日夏さんが坐つてゐる。お辞儀をしたら、先生は中折帽子に軽く手を掛けて、

――やあ。ちやうどよかつた。今日は休講にするから、みんなにさう伝へて呉れ給へ。

――さう伝へます。

――台湾から友人が出て来たのでね……。

さう云ふと先生は、晴晴とした顔をして、次の停留所で降りてしまつた。真逆、知つた顔の学生の乗るのを心待にしてゐた訳では無いと思ふが、お辞儀をしたら途端に、休講、と来たから可笑しかつた。後年自分が教師になつてから、日夏先生の気持が何となく判るやうな気がしたが、こんな話は誤解を招き易いからこれで打切りたい。

確か三年のとき、日夏先生に英詩の講義を聴いた。いつだつたか、われわれより七、八年先輩に当る人物が先生の英詩の講義に就いて、先生の講義は情熱そのもので、

――学生はみんな恍惚とさせられたもんだよ……。

と云ふのを聞いたことがあるが、多分、その頃は先生もお元気で調子が良かつたのではないかと思ふ。健康を気遣はれるやうになつてからは、余り疲労しない程度に話されたのだと思ふが、それでも先生の専門の分野だから、自ら熱が入つたのではないかしらん？　片手で机に頬杖を突き、片手でときどき顳顬の辺りを揉みながら、キイツやポオに就いて含蓄ある話をされた。その姿がいまも眼に浮ぶ。

一度、ポオに就いて話してゐるとき、自分の訳した「大鴉」があるからと云つて、先生が朗読

したことがある。日夏耿之介訳の「大鴉」はその前に活字で読んでゐたが、これが甚だ難解でポオの原詩を読んだ方が迥かに判り易い。いまこの文章を書きながら、先生の「英吉利浪曼象徴詩風」巻下に収録されてゐる「大鴉」を覗いて見たら、何だか遠い昔が甦るやうで懐しかつた。御承知とは思ふが、序だからその第一節を玆に引用したい。

むかし荒涼たる夜半なりけり　いたづき羸(みつ)れ黙坐しつも
忘郤の古学の蠹巻(ふみ)の奇古なるを繁(しじ)に披きて
黄奶のおろねぶりしつ交睫(まどろ)めば　忽然(こつねん)と叩叩のおとなひあり。
この房室(へや)の扉(と)をほとほとと　人ありて剝啄の声あるごとく。
儂(われ)呟きぬ「賓客(まれびと)のこの房室(へや)の扉(と)をほとほとと叩けるのみぞ。さは然(さ)のみ、あだ事ならじ。」

これを朗読されたのだから、活字で見るよりももつと判らない。みんな中途半端な顔をしてゐたら、先生は適当な所で朗読を中止すると、

——どうだね？

と笑はれたが、これも悪戯つぽい笑顔だつたと思ふ。或は、日夏先生は学生相手にちよつと悪戯を試みたのかもしれない。

卒業が間近になつた頃だが、英文科のクラスで記念写真を撮ることになつて、先生方にも来て頂いた。昔の文学部の建物の入口の石段の所に並んだら、日夏先生の姿が見当らない。友人に引張られて、二人で教員室に先生を呼びに行つた。教員室で日夏先生は仏頂面をして茶を喫んでゐたが、写真の話をすると先生が、

——その写真には某も入るのだらう？

と怖い顔をした。某と云ふのは英文科の偉い先生だから、無論入つて頂く。現に階段の所に立つてをられる。さう云つたら、日夏さんは俺はあんな俗物と一緒に写真に写るのは御免だ、とそつぽを向いて二度と此方を向かない。これには驚いた。何と云ふ先生だらうと呆れて、友人と二人、暫く顔を見合せてゐた。

日夏さんは孤高狷介の詩人と云ふことになつてゐて、神経質で気難しい先生に思はれたから、遠くから敬意を表するに止めてゐたが、一度、その先生と立話をしたことがある。確か学校を出て間も無い頃だつたと思ふが、或る日、阿佐ケ谷の古本屋を覗いたら着流姿の日夏さんがゐたから吃驚した。先生はその頃阿佐ケ谷の住人だつたから、そのときは散歩の途中だつたかもしれない。挨拶して、それからちよつと立話したのだが、話と云つても多分、兵隊にはまだ行かないのかね？　と云ふやうなことを二、三先生に訊かれて、それに答へた程度のものだつたらうと思ふ。

このとき、先生は頗る上機嫌で、面会日はしかじかだから、

――ちと遊びに来給へ。

と云はれた。后で先輩の誰かから、日夏さんは人懐つこくて淋しがり屋の所のある人だと聞いて、意外な気がした憶えがあるが、遊びに行くのは遠慮したから、その辺の所は知らない。

友人の一人に日夏先生の崇拝者で、卒業すると直ぐ兵隊に取られた男がゐた。この友人に阿佐ケ谷で日夏さんに会つた次第を手紙に書いてやつたら、莫迦に歓んだ返事を寄越した。殺風景な兵営のなかだから、そんな話が余計嬉しかつたのだらう。その后間も無くこの男は戦地へ送られて戦死した。昔の色褪せた記念写真を見ると、この友人は腕組をして、天の一角を睨む恰好で写つてゐる。無論、残念ながら、日夏先生の姿は無い。

（一九八七年六月）

昔の西口

昔の新宿なら多少歩き廻つたから知つてゐたが、これは専ら東口が中心で、西口は一向に縁が無かつた。歩き廻つたのは、学生だつた昭和十五年前后の頃のことだから古い話だが、その頃の新宿と云ふのは大雑把に云ふと、明治通と靖国通と山手線の線路に囲まれた一劃で如何にも狭かつた。狭いから、歩き廻つても何でもない。多分その頃、西口と云ふのはわれわれの新宿地図には入つてゐなかつたと思ふ。

その西口へ、学生の頃だが、友人と二人で行つて見たことがある。何となく知らない町へ行くやうな気分だつたかもしれない。何しに行つたのか記憶に無いが、何もすることが無くて退屈だから西口へでも行つてみるか、ぐらゐの心算だつたのではないかしらん？　取敢へず先づ電車に乗つた。

その頃は新宿駅の東口から荻窪行の電車が出てゐた。知らない人に話すと大抵、

――本当ですか？

と吃驚するが、この電車は東口を出発すると、ガアドをくぐつて西口へ出て、青梅街道を荻窪迄行くのである。確か最初は西武電車と云つてゐたが、それが后で市電になり、発着所も東口から西口へ移つたが詳しいことは忘れてしまつた。この電車は戦后も暫く走つてゐたが、その裡に廃止になつた。

この電車に、友人と面白半分に乗つた。乗つたのはこのとき一度だけだが、電車に乗つてガアドをくぐるのは悪くないと思つた記憶がある。この電車には一停留所乗つて降りたが、一つ目が浄水場前と云ふ停留所で、青梅街道の入口辺だつたと思ふ。何となく殺風景な所だつたやうな気がするが、これは余り当にならない。当時は西口に淀橋浄水場があつた訳だが、残念ながらその風景が一向に浮んで来ない。一つ憶えてゐるのは、近くに精華女学校があつて、蔦に被はれたその建物が趣があつてなかなか佳かつたことぐらゐだが、これも辺りが殺風景だつたせゐかもしれない。

それからどう歩いたか忘れたが、歩いてゐたら掘立小屋みたいな映画館があつたから、這入つてちやんばら映画を観たのを覚えてゐる。映画館と云ふよりは、活動小屋と云つた方がいいかもしれない。小屋の前には幟が何本か立つてゐて、なかは土間でベンチが並べて置いてあつた。当時としても、余程場末に行かないと見られないやうな映画館だつたと思ふ。見物人は殆ど子供連れのお神さんや婆さんで、明るくなつたらその連中が、普段見馴れない変な奴が現れたと思つたのか、みんなぢろぢろ此方を見る。何とも具合が悪かつた。物売りの女もゐて、

——おせんにキヤラメル……。

と売りに来たりした。想ひ出すと何だか懐しい気がするが、昔の西口の記憶と云つたらこんなもので他には何も無い。

いま西口から出てゐる京王電車は、昔は伊勢丹の先の新宿三丁目の所から出てゐた。これは線路に架つた新宿の陸橋を渡ると、甲州街道を走つてゐたが、この電車に乗つたことは一度も無い。当時、陸橋の上は牛や馬の牽く荷車が往来してゐて、その糞があちこちに落ちてゐた。陸橋の先の甲州街道は、背の低い汚れた家並の続く通で、何となく埃つぽい感じがした。

この通を右に入つた所に友人の一人が下宿してゐて、二、三度行つたことがある。この友人はどう云ふ料簡か知らないが甲州無宿と自称してゐて、その名に似合はないセンチメンタルな小説を書いてゐたが、或るとき突然姿を消してしまつた。一体どこに消えたのか、誰も知らない。この友人の下宿の窓から、草の枯れた淀橋浄水場の土堤が直ぐ近くに見えたのを憶えてゐる。

一度、何人かでこの友人の所へ遊びに行くとき、土産にビイルを持つて行つてやることにして通の酒屋で買つた。それを持つて行く途中、何の弾みか誰かがビイル瓶を一本落して割つた。途端に大きな音がして往来にビイルが流れると、辺りが矢鱈にビイル臭くなつたから吃驚した。み

んな想像もしなかつたやうな強い香だつたと思ふ。近くにゐた労働者風の男が、

——罪な真似をするぜ……。

と云つて鼻を鳴らしてゐたのを、いまでも想ひ出す。

これはまた別のときだが、矢張り何人かで甲州無宿の友人の下宿へ行く途中、一人が陸橋の上に立つて、下を通る機関車の吐く白い煙に包まれてみたい、なんて云ひ出したことがある。その頃、確か「ジエニイの家」とか云ふフランス映画があつて、その最后の所で主演のフランソワアズ・ロゼエが汽車の烟に包まれる場面がある。それが気に入つて、真似がしたかつたらしい。

——汽車が来る迄待つてゐる。

と云ふから、そんな附合は御免蒙りたい。置いてき堀してみんなで歩いてゐたら、おい、待つて呉れ、と追掛けて来た。あの頃はみんな若かつたが、いまはみんな変つてしまつた。何でもみんな変つてしまふ。無論、新宿も例外では無い。

（一九八七年七月）

想ひ出すまま

この頃はそんなことは無いが、以前、三浦君が芥川賞を貰つた頃は、ときどき、と訊かれた。

——三浦哲郎と云ふ人は、教室ではどんな学生でしたか？

そんなことは知りませんと答へると、しかし、教室で教へたんでせう？　と云つて疑はしさうに此方を見る。これには閉口した。正直な所、最初に三浦君に会つたのは新宿の酒場「樽平」で、教室では一度も見なかつた。この辺の事情をもう尠し説明する。

その頃は若僧だつたから、文学部の朝八時からの授業を一つ持たされてゐた。その頃と云ふのは昭和三十年前后の頃で、授業と云ふのは仏文科の第二外国語の英語である。拙宅はその頃から武蔵野市の外れにあるが、当時は交通の便が悪かつた。いまなら三鷹へ出て東西線に乗ると、三十分と経たない裡に早稲田に着いてしまふ。ところがその頃はバスで吉祥寺へ出て、中央線の満員の急行電車に乗つて、中野で鈍行に乗換へて、東中野で降りて早稲田行のバスに乗る。これが新宿の雑沓に揉まれずに行ける一番無難なコオスだつたが、乗換が面倒で、時間も一時間半はたつぷり掛かつたのではないかしらん？

そんなに苦労して学校へ行つても、教室を覗くと一人か二人しか坐つてゐない。尠し待つてゐるとやつと四、五人になるが、それ以上にはならない。このクラスに三浦君がゐた訳だが、本人がこんなことを書いてゐる。

「……、なにぶんにも月曜日の朝八時からという時間割がきつすぎる。有難いことに出欠をとらない先生だというので、こちらは安心して怠けていた。」

先方が怠けても差障りは無いが、此方が怠けては授業が始らない。

或る晩、早慶戦を観た帰りだつたと思ふが新宿の樽平に坐つてゐたら、往来からなかを覗いてゐたらしい学生が五、六人、どやどやと這入つて来て挨拶した。一面識も無いその連中が、みんな朝八時からのクラスの学生だと云ふから、これには驚いた。連中は今度この仲間で同人雑誌を出すから、出たら是非読んで呉れと云ふ話をした。その仲間の親分格なのが三浦君だつたと思ふ。

これは余談だが、その次の週教室に行つたら、珍しく学生の数が多い。教室を間違へたのかと思つたら、先夜の連中が睡さうな顔を並べてゐたから何だか可笑しかつた記憶がある。

こんなことが切掛となつて、三浦君から同人雑誌「非情」を貰つたり、三浦君もうちに遊びに来たりするやうになつた。三浦君の作品で一番最初に読んだのは、「非情」に載つた「遺書について」ではなかつたかしらん？　或はその前にも読んだ作品があつたかもしれないが、それは忘れてゐる。三浦君は一時太宰治を愛読したらしく、「遺書について」にもその影響が見られたが、この作品にはなかなか佳い味があつた。その頃井伏さんはよく、いい小説を書く学生はゐないのかね、と云つてをられたから、早速、「遺書について」の載つてゐる「非情」を井伏さんの所へ持つて行つた。これを読んで井伏さんも感心されたらしい。

——三浦君つて云ふのはいいね……。

その次、井伏さんにお会ひしたらさう云はれた。そこで安心して三浦君を井伏さんのお宅へ連れて行つた。三浦君に依ると「よい話あり、研究室に寄られたし　丹」と云ふ電文みたいな葉書を貰つたさうだが、そんなことは憶えてゐない。后で三浦君は、おつかなくて、うはの空でしたと白状したが、昼過ぎから夜更け迄長居したのに、「とうとう井伏先生に一と言も口が利けなかつた」と三浦君も書いてゐる。

序に云ふと、この「遺書について」は后で「十五歳の周囲」と改作されて、「新潮」に載つて同人雑誌賞を受けた。或る晩、友人の出版記念会に出席してゐたら、銓衡委員会を終へて来られた井伏さんが、

——君、三浦君に決つたよ。

と云はれた。よかつたですね、と云ふと、井伏さんも、うん、よかつた、と嬉しさうな顔をさ

れたのを想ひ出す。

三浦君とは、うちへ遊びに来るやうになつてからよく将棋を指したが、最初の頃は莫迦に弱かつた。それが段段と強くなつて、芥川賞を貰つたら、一段と強くなつた。当時、文藝春秋社主催の文壇将棋大会が毎年開かれてゐたが、或る年本郷の旅館でやつたこの会に出てゐたら、そこへ三浦君が訪ねて来た。その頃三浦君は学校を出て、小さなＰＲ雑誌社に勤めてゐたから、多分、その仕事で来たのだらう。会場を見て、

――近い裡に、私も……。

と云つて、につこり笑つた。近い裡に私も文壇人の仲間入りをして、この将棋会に出るつもりだと云ふ自信たつぷりの、につこり、だつたらうと思ふがどんなものかしらん？

それから間も無く、三浦君は芥川賞を貰つた。貰つたと思つたら、急に将棋が強くなつたから不思議である。文壇将棋大会に出て来て、最下位のクラスではあるがＣ級で優勝して初段を貰つた。現在、三浦君は将棋が三段でなかなか強い。小説の方は益磨きがかかつて、これは段位を超越してゐる。

（一九八七年八月）

古いランプ

古いランプがあつて、二階の部屋の梁からぶら下つてゐる。学生の頃、三鷹の農家に下宿してゐたことがあるが、ランプはその農家で貰つた。このランプを見ると、いろいろ昔のことを想ひ出す。当時は農家にゐると云ふと、

——「田園の憂鬱」ですか？

なんて云はれたりした。佐藤春夫の「田園の憂鬱」の真似をしてゐるのだらうと云ふ訳だが、人に訊かれると、そんな心算ではないと答へてゐた。尤も、いま考へると、或は多少そんな所があつたかもしれない。

その家は何でも二百年以上経つたとか云ふ大きな藁葺の農家で、木の台の附いた奴とか吊す奴とか、使はなくなつたランプが幾つもあつた。珍しくて面白さうだから、吊ランプを一つ借りることにした。ランプの灯で詩人らしい瞑想にふけりたいと思つたのかどうか、その辺の所は忘れ

たが、ランプを使ひたいと云つたら、お神さんが早速ランプの芯と石油を買つて来て呉れたから、当時はまだ村の雑貨屋でそんなものを売つてゐたのだらう。

真黒に煤けた天井からランプを吊して、芯に火を点けて電気を消した。それから詩人らしい心境に浸る予定だつたと思ふが、間も無く石油の燃える匂ひで頭が痛くなつたから甚だ心外であつた。仕方が無い、ランプの灯を消して、二度と使はなかつた。田園詩人には向かなかつたのかもしれない。

その農家から十五分ばかり歩くと、帝都線の三鷹台の駅に出る。途中は林とか麦畑の丘とか畑ばかりで、陽気の好い頃は歩くのも悪くなかつた。麦秋の頃、仲間が遊びに来て、麦畑の丘を歩きながら、

——「未完成交響楽」みたいだね……。

と感心した。その頃独逸から「未完成交響楽」と云ふ映画が来て、そのなかに、シュウベルトに扮したハンス・ヤアライと云ふ役者が、マルタ・エゲルトなる女優と麦畑のなかで追つかけつこをする場面がある。それが評判になつたので、そんなことを云つたのである。「未完成交響楽」は結構だが、冬になるとひどい霜解で路が矢鱈に泥濘るんで、これには閉口した。

三鷹台の駅附近は松林の低い丘陵になつてゐて、丘陵を通る切通しの路を抜けると帝都線の駅があつた。この帝都電車の線路迄が東京府下三鷹村で、線路を越すと東京市杉並区になつたと思

ふ。東京都になつたのは昭和十八年ださうだが、その頃はもう三鷹村の農家にはゐない。隣の武蔵野町の大きな藁屋根の家に引越してゐた。かう見ると、大分藁屋根に縁があつたと思ふが、これはまた別の話である。

その頃、駅附近には土地案内所の建物が一軒しかなかつた。白毛頭を短く刈つた、頰の赤い肥つた案内所の親爺の顔はいまでも想ひ浮べることが出来る。暇だつたからだらう、所在無ささうに朝顔に水をやつたりしてゐたが、想ひ出すと何だか懐しい。三鷹台の駅には、砂利を敷いたプラットフオムの真中に粗末な待合室があるだけで、改札口も何も無かつた。降りる客があると、車掌が走り寄つて切符を受取つた。

近頃偶に電車で三鷹台を通るとき、窓から外を見ると、全然知らない賑かな町が並んでゐて、昔の三鷹台は、あれは夢だったのではないかしらん？　そんな気がすることがある。

土地案内所の親爺が呼んだのかどうか知らないが、淋しかつた松林のなかにアパアトが一軒建つてから、その辺の風景も尠しづつ変化して行つたと思ふ。最初は、樹立越しにアパアトの建物が見えたりすると、何となく眼障りに思つた記憶がある。ところが現金なもので、そのアパアトに当時としては珍しい変つたカツプルが入つて、その二人に興味を持つたら眼障りではなくなつた。

男の方は鼻下に口髭を蓄へた四十恰好の温和しさうな人物だつたが、女の方は丸ぽちやの可愛

らしい金髪女性だつたから、最初見たときは、

——おやおや……。

と吃驚した。

別に確かめた訳ではないが、その金髪女はきつと仏蘭西人だらうと思つてゐた。駅のプラットフオオムで電車を待ちながら、二人が低声で仏蘭西語で話してゐたからだが、もう一つ、これは寒くなつてからだが、男は毛糸で編んだ厚い襟巻をしてゐたが、それが仏蘭西国旗のトリコロオルの青白赤で、而もどうやらその可愛らしい細君の手編みの品らしかつたから、仏蘭西女に間違無しと決めたのだと思ふ。或は、パリジエンヌと決めてゐたかもしれない。

この二人は三鷹台の駅でも見掛けたが、玉川上水に沿つて腕を組んで歩いてゐるのも何度か見たことがある。一度は上水沿ひの畑にゐた農家のお神さんと金髪女性が何か話をして、二人で可笑しさうに笑つてゐた。一体、何を喋つたのか、大いに知りたかつたが、男は傍に立つて黙つて笑つてゐた。

これは二人一緒ではないが、一度、男の方が駅の待合室のベンチで、画家の津田青楓と話をしてゐるのを見たことがあつた。どうやらその男の住居を訪ねて来た津田青楓が帰るのを、男が駅迄送つた来た、そんな感じで、よく来て下さいました、と男が礼を云つてゐたと思ふ。津田青楓は、それ以前に、或る所で見て顔も名前も知つてゐたから、

——すると、この人も画家なのだらうか……。

他に人気の無い待合室で親しさうに話してゐる二人を見て、さう思つた記憶がある。

このカツプルが何故不便な田舎のアパアトに住んだのか知らないが、当時の殺伐たる世相を考へると、余り人目に附かない場所に落着きたかつたのではないかと思ふ。しかし、玉川上水沿ひの散歩も永続きはしなかつたと見える。間も無く戦争が始つたが、その頃には二人の姿はいつの間にか消えてしまつてゐた。

話は飛んで、戦争が終つて暫く経つた頃だと思ふが、或る日、井伏さんのお宅へ伺つたら、先客が一人あつた。ちやうど帰る所らしく、庭先で縁の井伏さんと何か親し気に話してゐた。その先客の顔を見ると、昔、三鷹台のアパアトに仏蘭西人の細君と一緒にゐた人物だつたから、これには驚いた。先方は此方に気附かなかつた様子だから、此方も知らん顔をしてゐた。先客が帰つてから、

——誰方ですか？

と井伏さんに訊くと、

——硲さんだよ、画家の硲伊之助だ……。

と云ふ返事で、二度吃驚した。

（一九八八年三月）

倫敦のパブ

倫敦の街を歩いてゐると、咽喉が乾くからビイルを飲みたくなる。知合のポオランド人の爺さんに云はせると、倫敦は大陸に較べて湿気が多いのださうだが、東京から来た人間には空気が乾いてゐるやうに思はれる。倫敦は到る所にパブと呼ばれる酒場があるから、乾いた咽喉を潤すには困らない。尤もこの酒場は昼時の三、四時間店を開けるが、それからまた店を閉めて、夕方の五時か六時迄は営業しないから、その点は困る。しかし、馴れるとそんなものと心得るから、別に苦にはならない。

酒場に入るとカウンタアの所へ行つて、ビタアを半パイント呉れ、とか一パイント呉れとか云つて、貰つたビタアを持つて好きな恰好で飲む。立話しながら飲む者もゐるし、坐つて飲む者もゐる。酒場で飲むビイルは大抵ビタアと決つてゐて、文字通り多少苦味のある生ビイルである。これを冷さないで飲むのだから、日本の生ビイルと違つて最初は何だかすつきりしない。しかし、飲み慣れると悪くないから、倫敦ではよくこのビタアを飲んだ。イギリスの風土に合つた飲物なので、日本で飲んだら同じやうに飲めるかどうか判らない。

中心地の混雑する酒場と違つて近郊の酒場へ行くと、このビタアを黒ビイルで割つた奴を前に置いて、如何にも満足さうにゆつくり飲んでゐる男達をよく見掛けた。坐る場所も決つてゐるらしく、知合同志愉しさうに話を交したりしてゐる。そんな連中を見ると、此方ものんびりして愉快になる。

倫敦ではあちこちの酒場を覗いたが、ビタアは半パイントが八ペンスと大体相場が決つてゐたやうである。倫敦で始めて酒場へ入つて、半パイントのビタアを貰つて幾らと訊いたら、

——アイト・サア。

と言ふ返事で面喰つた。エイをアイと発音すると判れば何でもないが、最初いきなりこれをやられると面喰ふ。尤もこれは四年前の話だから、いまは値上りしてゐるかもしれない。何でもいろんなビイル会社の経営する酒場も多いらしく、そんな店には外の壁にその会社のビイルの名前が附いてゐる。

オックスフオドへ行つたとき酒場へ入つたら、半パイントが七ペンスか六ペンス半だつたと思ふ。学生町だからかと思つたが、その后あちこちの田舎町の酒場に行つたら七ペンス半とか七ペンスの所も多かつたから、倫敦とは違ふのかもしれない。田舎へ行つて岐れ道の所に古びた趣

のある酒場が眼に附いたりすると、ふらふら入りたくなる。倫敦に「シヤアロツク・ホオムズ」と云ふ酒場があつて、知人に誘はれて行つたらコナン・ドイルの原稿だか何だかいろいろ陳列してあつた。観光客で矢鱈に混雑してゐて、ビタアも九ペンスと一ペンス高い。こんな店は一度行けば二度と行きたくない。

フリイト街の「ジヨンソンの家」の近くの狭い露地を入つた所に「チエシヤ・チイズ」と云ふ古い店がある。これも観光客の訪れる名所の一つらしいが、此方の方は何度も行きたくなる。サルウンでは軽食も出すが、ビタアを飲むのに食物は要らない。入口の右手の部屋に入ると街の連中が賑かに談笑してゐて、そこの鋸屑を散した床に立つて飲んでゐると、如何にも倫敦にゐると云ふ気分になる。

フリイト街には「チヤアルズ・デイケンズ」と云ふ酒場もあつて、この店にもときどき行つたが、これを日本流に云ふと酒場「夏目漱石」と云ふやうな具合になるかもしれない。さう思ふと何だか可笑しい。昔イギリスの小説を読んでゐたら、「豚と口笛」とか云ふ名前の酒場が出て来て、変な名前を附けたものだと思つたが、行つてみると実際「馬と馬丁」だとか「仔羊と旗」だとか変つた名前の店が沢山ある。王立裁判所の前には、「鬘とペン」と云ふ酒場があつたから面白かつた。鬘は無論裁判官なぞの被る奴を指してゐる。「赤獅子」と云ふ店はあちこちでよく見掛けたが、別に同系統と云ふ訳では無いだらうと思ふ。

大抵の酒場は店の主人の好みを反映してゐて、いろいろ趣向を凝らしてゐる。しかし、一番いいのは店自体が二百年、三百年と古くて、昔の名残を留めてゐる酒場だらう。田舎へ行くとそんな店があつて、それは大体駅馬車時代には旅籠だつた家で、駅馬車用の厩の跡がサルウンになつたりしてゐるから面白い。

一般向の酒場には、ダアツとかパチンコに似た機械を置いてゐる店もある。それから、小さな舞台のある酒場もあつたが、実際に演奏をやるのかどうか知らない。ソホの聖アン教会の近くの酒場は芸人の客が多いらしく、壁には芸人の写真や署名が沢山並べて貼つてあつたのを想ひ出す。コヴエント・ガアデンに近い酒場では、前の劇場に出演中の女優が舞台衣裳の儘立話をしてゐて、おやおや、と思つたこともある。あちこち歩いて草臥れると酒場に入つた訳だが、逆に云ふと酒場に入るためにあちこち歩いたことになるかもしれない。

しかし、酒場はどこも気が置けなくて、のんびり出来たから悪くないと思ふ。ハムステツド・ヒイスの岡の上に「ジヤツク・ストロウズ・カスル」と云ふ店があつた。三階はレストランだが一階は落着いた広い酒場になつてゐて、両側にヒイスの森が見える。家から近かつたからスキス・コテツヂ同様よく行つたが、この酒場に坐つてゐるとなかなか良かつた。昼間ものんびりしてゐていいが、夕刻森のなかを散歩した后、上つて行くとこの店の赤い灯が点点と見える。それを想ひ出すと、もう一度あの酒場に坐りたくなる。

（一九七六年三月）

遠い人

庭で焚火をしてゐると、旅先で出会つたいろんな人が、思ひ掛けずひよつこり煙のなかに浮んで消える。格別心に留めた訳でも無いのに、何故記憶に残つてゐたのかしらん？　と不思議に思ふこともある。その例を二つばかり。

昔、信州へ旅行して汽車に乗つてゐたときのことだが、何とか云ふ駅に停車してゐたら、隣の線路の上を一人の中年の線路工夫が鶴嘴を担いで歩いて来た。向う側のプラットフオオムに中学生が何人かゐたが、その一人がこの線路工夫と知合だつたらしい。大きな声で名前か何か呼んで、

——いま何時だいや？

確かそんなことを訊いた。駅だから、無論時計はあつた筈だから、多分、中学生は親愛の情を示すべく面白半分に声を掛けてみたのだらうと思ふ。訊かれた線路工夫は中学生の方を見ると、にこりともせずに、

――夜なか迄にはまだ八時間ある。

と云ふと、その儘歩いて行つてしまつた。何とも無愛想な調子だつたが、聞いてゐたら何だか可笑しかつた。ただそれだけのことに過ぎないが、想ひ出すと何となく懐しい。

以前、スコツトランドのパルモラル城に行つたことがある。城と云ふが、これはヴィクトリア女王が買取つて住居に改造したものだから、一向に威かめしい所は無い。いまでも王室の別荘になつてゐて、王族が避暑に来てゐないときは庭を見せて呉れる。門の外に駐車場があつて、一般の人間はそこに車を駐めて、歩いて門を入つて「お庭拝見」と云ふことになる。

駐車場の番人は好人物らしい白毛の爺さんで、われわれから五ペンスの駐車料金を受取ると、ゆつくり愉しんで来るやうに、と愛想を云つた。広い庭園をあちこち歩き廻つて、暫くしてから駐車場に戻つたら、いつの間にか車が沢山駐つてゐて、観光バスも来てゐて観光客が右往左往してゐる。そのせゐか、爺さんも天手古舞して訳が判らなくなつたと見える。われわれの所へ来て、

――料金は五ペンスだ……。

と手を出したから呆れた。これから出る所だと云つたら、漸く判つて二、三度こつくりして、それから大きな溜息を洩した。やれやれ、と云ふつもりだつたのかもしれない。この爺さんも懐しいが、爺さんを想ひ出すと、庭園の一隅で珈琲を喫んだとき、卓子の上にちよんと乗つた一羽のきびたきも想ひ出す。

（一九八〇年八月）

夢の話

先夜、見馴れぬ夢を見た。夢はときどき見るが、この夜の夢はいつも見る夢とは些か違つてゐた。場所もロンドンで、以前行つたとき何度か覗いたことのある酒場が出て来る。その酒場へ行くといつもみんなの真似をして、土間に立つてビタアを飲んだものだが、夢のなかでは卓子に向つて坐つてウヰスキイの水割なんか飲んでゐるから尋常でない。近頃身体の調子が芳しくないから酒を控へてゐるが、夢のなかでよく酒を飲むのはその埋合せの心算なのかもしれない。

卓子の向うに一人、何だか面白い顔をした禿頭の男が居睡をしてゐたが、不意に眼を開くと此方を見て、グラスを挙げて、乾杯、と云つたから、此方もその真似をして、乾杯、と云つた。するとその男は、

――小生はオリヴア・ゴオルドスミスと申す……。

と自己紹介した。普段なら茲で吃驚仰天する所だが、夢のなかでは滅多なことには驚かない仕

掛になつてゐる。御眼に掛れてたいへん嬉しい、と握手をして相手の顔をよく見ると、成程、書棚に並んでゐるゴオルドスミスの本の口絵の肖像にそつくりだから懐しかつた。試みに、

——この店にはよく来られるのか？

と訊いてみたら、ゴオルドスミス先生は首を振つて、この店の広告文なんか見ると、我われがちよいちよい訪れたやうに書いてあるが、あれは飛んでもない出鱈目だ。正直な所を云ふと、実は今日始めて来たのだ、と眉を顰めて見せた。これは意外なことを聞くものである。我われと云ふのは、多分、ゴオルドスミスとジョンソン大人のことだらう。

まだ話がありさうだから、謹んで拝聴しようと思つてゐたら、ゴオルドスミス先生は何やら御機嫌の態で、どこかで聞いたことのあるやうな曲を鼻唄で歌つてゐる。その曲が気になるからよく聴いてみると、多少音程は狂つてゐるが、紛れも無い、昔懐しい「紅屋の娘」だつたから嬉しかつた。もう一度握手して、一体いつどこでそんな唄を憶えたのかと訊かうとしたら、先生、不意に立上つて、

——チエリオ……。

と片手を挙げて出て行つてしまつた。何とも呆気無い結末だが、夢なのだから仕方が無い。店の男に、あの人は今日始めてこの店に来たと云つてゐたが……、と訊いてみたら、愛想の無い店の男は仏頂面をしてこんなことを云つた。

——どう云ふ風の吹廻しか知らないが、ミスタ・ゴオルドスミスは昨日も来たし一昨日も来ました。珍しく金が入つたのかもしれない。

眼が醒めてから、何故そんな夢を見たのか、考へたがさつぱり判らない。或は、二、三日前にロンドンの写真集を面白がつて見たが、真逆、そのせゐでもあるまい。それよりも夢のなかで聞いた、チエリオ、は以前どこかで聞いたことがあると考へてゐたら、昔、ハドリアン・ウオオルの近くの居酒屋に這入つたときのことを想ひ出した。

昔、友人の車に乗せて貰つて英国のあちこちへ行つたが、そのときスコツトランドに近い所にあるハドリアン・ウオオルの遺蹟も見物した。これは何でもロオマ皇帝ハドリアヌスの命令で、北方族の侵攻に備へて築かれた防壁ださうだが、当時は英国の東海岸から西海岸迄続いてゐたと云ふから偉いものである。英吉利版万里の長城と云ふ所だが、生憎、現在はその一部しか残つてゐない。

確か五月の小雨の降る肌寒い日だつたと思ふ。行つて見たら、垂込めた雨雲の下に見渡す限り低い丘陵が連なつてゐて、その丘陵から丘陵へと帯のやうに石の防壁が続いてゐる。荒涼たる風景だが妙に人の心を惹きつける所があつて、暫く立つて見てゐたのを想ひ出す。このハドリアン・ウオオルの近くに、小さな居酒屋があつた。丘陵ばかりで他に何も無い吹曝しの淋しい所に、一軒ぽつんとあるのだから、これは誰でも覗いて見たくなる。覗いて見たら、意外なことにカウンタアのある方は満員で坐れない。店の親爺に云はれて、サルウンの方へ這入つてビタアを飲んだ。

サルウンの煖炉には石炭が赤く燃えてゐて、英国のパブらしく得体の知れないいろんな面白いもので飾り立ててあるが、おまけに、男の子と犬がゐたから面白かつた。親爺は眼のぎよろりとした怖い顔の男だが、その息子らしい十歳ばかりの男の子がゐて、これは可愛らしかつた。その少年が異国の人間に興味を持つたのだらう、通路の傍に坐り込んで、頰杖なんか突いて珍しさうに此方を見てゐた。犬の方はドオベルマンと云ふのかしらん？　巨きな黒い奴で、男の子の隣に並んで坐つて、此方を見たり脇見をしたりしてゐた。こんな少年と犬の絵を、前に見たことがあるやうな気がする。男の子に名前を訊くと、

——ジョオジ……。

と云つて相不変此方を見てゐる。その裡に段段この店が気に入つて、窓から見える荒涼たる雨の丘陵を肴に酒を飲むのも亦一興ならずや、と云つたら同行の友人が吃驚して、

——それでは予定が狂ふ。早速出発です。

と云ふから仕方が無い。出発することにして、別棟になつてゐる便所へ行つて、出て来て車の方へ行かうとしたら、扉口に男の子が立つてゐて、人懐つこさうな笑顔で、

——チエリオ……。

と云つて片手を挙げた。一体、あの少年はその后どうしてゐるかしらん？

（一九八九年十一月）

なつかしい思い出

庄野潤三

昔、小澤書店から全五巻の『小沼丹作品集』が出た。しっかりとした造本のいい作品集であった。完結したのが昭和五十五年九月。まだ小沼が若くて元気なころであった。完結のお祝いの会があって、少人数ながらこの作品集の出版を心からよろこぶ人たちが出席したので、和かな、いい会となった。この作品集の第二巻に版元から頼まれて帯のことばを書いたので、ここに引用したい。

小沼丹を好む人が多くなって来ているという。そういえば私の身近にも何人かいる。それがみな文学の読み手としては年季の入った人ばかりで、自分の生活の流儀に従って小沼の作風を楽しみ、いつくしんでいるように見える。

何がそれほど惹きつけるのか。何が親しみと共感のうちにやがて深い喜びと安らぎをもたらすのだろう。誠実味だろうか。腕白とユーモアだろうか。決して愚痴をこぼさない男らしさだろうか。詩的感受性の細やかさだろうか。東西の文学、芸術から吸収して当人の気質に融け込ませてしまった教養の力だろうか。悠々としているところだろうか。つまるところは才能というほかないのである。

庄野潤三

今度、久しぶりに読み返してみて、附け加えるところはないという気がしたので、ここに再録させていただくのである。

本書には小沼の生前、最後に出た随筆集『珈琲挽き』からの四十六篇に、最初の随筆集『小さな手袋』から選んだ十五篇を加えたものを収めた。小沼が本に入れた随筆はみなよいものばかりで、選ぶというのは困難な作業であることがよく分かった。

『小さな手袋』の巻頭を飾る「猿」が面白い。

或る日、小沼が通りかかった吉祥寺駅近くの空地にかかったちっぽけな芝居小屋の話である。この芝居に出演するのは、五、六匹の猿と二、三頭の犬だけ。この役者たちが小屋の台の上に並んできょろきょろしている。この猿の仕草に小沼は眺め入る。猿は尻をかいていたのだが、出番が来て、役者たちの世話をする中年女に衣裳を着けてもらう。ちゃんちゃんこのようなものを着せて、もんぺを穿かせられる。この猿、またもや尻をかこうとする。が、もんぺを穿かせられているから、うまくかけない。で、立って見ている小沼の方を横目で見て頗る不満らしい顔をしてみせたというからおかしい。この猿が生き生きしていて、尻をかきたがるところが愉快だ。

『珈琲挽き』に収められている「狆の二日酔い」も面白い。小沼の友人で狆を飼っているのがいる。

この友人の家で庭木を見物したあとで、いつもお酒が出る。二人で酒を飲んでいると、そばへ狆が来て、お相伴という恰好で坐っている。

ところが、或る日、小沼がこの友人の家に行って、酒を出されたので飲んでいると、いつもそばに来る狆がいない。どうしたのかと思ったら、となりの部屋のテーブルの下にだらしのない恰好で寝そべっている。

「どうしたんだい、病気なのかい？」

と小沼が訊ねると、あいつは昨日、好物の奈良漬を食いすぎて、今日は二日酔いなんだという。

友人の話を聞いて小沼は驚くのだが、となりの部屋の狆ころは、話が分ったのか、恨めしそうな顔をしてこちらを見ている。その顔を見たら何だか他人事とは思えない気がしたから不思議だという随筆で、おかしい。傑作ではないだろうか。

小沼は私にとって風雅の友であった。しばらくご無沙汰したので、庭の鉄線の花（青）が咲いたとか、侘助が咲いたとか、そういうことを葉書に書いて出す。こういう何でもない庭先の様子を書いて知らせたくなる友というのは、ほかにいなかった。

また、小沼は私の飲み友達であった。ひところ、よく新宿のデパートの前で待合せて、地下に新しく出来たビアホールへ二人で入った。電話で時間をきめておいて、夕方、会う。ビアホールではいつも海老の串焼きというのをとって、生ビールを飲む。二人ともこの海老の串焼きが気に入っていた。

もしそれが夏の終りであったなら、私は毎年、夏になると家族で泳ぎに出かける外房の海岸の宿のことなんか話す。東京からはるばるやって来る客はいなくて、浜べにいるのは村の子供ばかりである。駅の近くに小さな食堂があって、東京に帰る日には、お昼にそこへ行ってカツ丼をみんなで食べる。そんな話を私がぽつりぽつりと話すと、小沼はしばらくたって、「ふうーん」という。少し間をおいて、「ふうーん」が出るところが感じがあった。

そのビアホールでしばらく生ビールを飲むと、引き上げる。小沼は梯子酒の名人で、いろんなところに馴染の飲屋がある。そこを二人でまわる。落葉が風に吹かれてあっちへころがり、こっちへころがるようにまわる。

そうして、最後は荻窪のがらんとした二階の酒場に辿り着く。なぜ荻窪かといえば、吉祥寺に家のある小沼と石神井公園に家のある私が、最後にタクシーを拾ってわが家へ向うのは荻窪駅前ときまっていたからだ。

それがいつも夜中の十二時ごろである。私はがらんとした二階の酒場で、

「いまごろこんなところにいて、いったいどうなるんだろう?」

と考えたものであった。

それはまだ、われわれが開店以来の常連客となった大久保の、井伏(鱒二)さんごひいきの店「くろがね」が出来るまでのことである。「くろがね」が出来てからは、私と小沼とは、ここで会って、ここで夜ふけまでゆっくり酒を飲み、話をした。

小沼には、生田の山の上の私の家へよく来てもらって酒を飲んだ。いつも井伏さんと一緒であった。

小沼はステーキが好きで、わが家で出すステーキをよろこんで食べてくれた。酒が入ると、歌が出る。小沼は軽快で明るい曲が好きで、よく歌った。

「サム・サンデー・モーニング」

といううたい出しの歌がお気に入りであった。

「なつかしの思い出」

で始まる、昔の宝塚の主題歌の「モンパリ」も好きだった。みんなが次から次へと歌っていると、井伏さんが、

「少し話をしよう」

といわれることがあった。

小沼とは一緒に旅行をしたこともある。海水浴の好きな私が見つけ出した伊良湖岬にあるホテルがよかったので、小沼夫妻を誘ったのである。

私が声をかけると、小沼は秋に早稲田祭というのがあって、一週間休みになる、そのときに連れて行ってくれという。で、私たちは一緒に伊良湖岬の伊良湖ビューホテルへ出かけた。

浜べを歩いた。小沼は靴と靴下を脱いではだしになり、ズボンのすそをまくり上げて、きれいな砂地の海に入り、波打際を歩いた。

夕食は大きなレストランの「シーサイド」へ行く。支配人がとってくれた窓際のテーブルで、海に落ちる夕日を眺めながら酒を飲み、食事をした。また、二日目は支配人が気を利かせて、小さな部屋

を用意してくれた。ここでわれわれだけでフランス料理のコースを食べた。酒を飲みながら、小沼が、

「いいね、庄野」

といった。

私たちは二年続けて伊良湖岬ビューホテルへ行った。なつかしい思い出である。

本書の目次＊印に収められた作品は、小澤書店刊『小さな手袋』（一九七六年四月）を、また＊＊、＊＊＊、＊＊＊＊印に収められた作品は、みすず書房刊『珈琲挽き』（一九九四年一月）を底本とした。また著者の文字遣いである正字旧仮名遣いを、本書では新字旧仮名遣いとさせていただいた。

（二〇〇二年二月）

本書は、二〇〇二年月二月にシリーズ「大人の本棚」の一冊として小社より刊行された『小沼丹　小さな手袋／珈琲挽き』を、単行本（新装版）として刊行するものです。（二〇二二年四月）

著者略歴

（おぬま・たん）

小説家，英文学者．1918 年東京生れ．1942 年早稲田大学英文科卒業．早稲田大学名誉教授．日本芸術院会員．1996 年没．

編者略歴

（しょうの・じゅんぞう）

大正 10 年（1921），大阪府生れ．九州大学東洋史学科卒．昭和 30 年『プールサイド小景』により芥川賞受賞．昭和 36 年『静物』により新潮社文学賞受賞．昭和 40 年『夕べの雲』により読売文学賞受賞．日本芸術院会員．2009 年没．

小沼 丹

小沼丹 小さな手袋/珈琲挽き

庄野潤三編

2002 年 2 月 22 日　初　版第 1 刷発行
2022 年 4 月 8 日　新装版第 1 刷発行

発行所 株式会社 みすず書房
〒113-0033 東京都文京区本郷 2 丁目 20-7
電話 03-3814-0131(営業) 03-3815-9181(編集)
www.msz.co.jp

本文印刷所 精興社
扉・表紙・カバー印刷所 リヒトプランニング
製本所 松岳社

Printed in Japan
ISBN 978-4-622-09097-7
[おぬまたんちいさなてぶくろこーひーひき]